Verlockung des Wolfes

Die Wölfe der Twin Moon Ranch
Buch 2

Anna Lowe

Inhaltsverzeichnis

Weitere Titel in dieser Serie

Die Wölfe der Twin Moon Ranch

Verlockung des Jägers (Buch 1)

Verlockung des Wolfes (Buch 2)

Verlockung des Mondes: Vier Kurzgeschichten (vier Kurzgeschichten)

Verlockung des Alphas (Buch 3)

Verlockung der Wölfin (Buch 4)

Verlockung des Herzens: ein paranormaler Liebesroman (Buch 5)

Weihnachtsverlockung (Buch 6)

Verlockung der Rose (Buch 7)

Verlockung des Rebellen (Buch 8)

Verlockende Begierde (Buch 9)

www.annalowe.de

Kapitel 1

Lana zappelte neben ihrer Großmutter, als das Flugzeug über der rauen Landschaft beidrehte und langsam in den Sinkflug überging. *Arizona.* Beinah hätte sie es laut gemurmelt. Sie hatte sich geschworen, nie zurückzukehren. Und doch tat sie es.

Die Wüste. All diese Weiten, dieser Himmel. Bei ihrem ersten Besuch vor langer Zeit war ihr etwas genommen und dafür ein Durst hinterlassen worden, den sie nie stillen konnte. Warum also zurückkehren?

Das Flugzeug landete, und während sie steif zur Gepäckausgabe ging, sehnte sie sich bereits den Rückflug nach Hause herbei. Als sie sich dabei ertappte, mit den Zähnen zu knirschen, zwang sie sich, die Kieferpartie zu entspannen. Verdammt, eine Woche lang konnte sie ruhig und gelassen bleiben, auch wenn sie es vortäuschen musste. Sie würde ihre Großmutter in ihrem neuen Zuhause unterbringen und danach an die Ostküste zurückkehren. In der Wüste gab es für sie nichts.

Sie rang sich ein Lächeln ab, als eine ältere Frau ihre Großmutter umarmte und sich anschließend mit funkelnden Augen und einem verhaltenen Lächeln ihr zuwandte.

„Lana, du siehst genau wie deine Mutter aus!"

Innerlich seufzte Lana, doch sie behielt das gezwungene Lächeln im Gesicht. Das musste Milly sein, die alte Freundin ihrer Großmutter. Lana war Milly zwar schon früher begegnet, doch ihre Erinnerungen an jene Zeit waren verschwommen. Im Gedächtnis geblieben war ihr nur das Gefühl des Verlusts, den ihr der erste Besuch in Arizona damals beschert hatte. Was verrückt war – denn wie konnte man etwas verlieren, das man nie hatte?

„Die Augen von der Mutter, die Nase vom Vater." Ihre Großmutter zwinkerte. Dann fingen die älteren Damen an, über Freunde, Familie und alte Zeiten zu plaudern. Lana tappte mit dem Fuß, während sie darauf wartete, dass ihr Gepäck an ihr vorbeiziehen würde. Je eher dieser Besuch beginnen konnte, desto eher würde er vorbei sein.

Zwanzig Minuten später rollte sie einen Gepäckwagen in Richtung des Ausgangs, gefolgt von den älteren Frauen. Sie atmete tief ein, bevor sie hinaus in den Glutofen vor den Türen des Flughafens trat. Die Hitze drückte wie eine schwere Wolldecke herab, und die trockene Wüstenluft fühlte sich sengend in den Nasenlöchern an.

Milly schaute erwartungsvoll die Straße hinauf und hinunter. „Einer von Tyrones Jungs holt uns ab."

Auch Lana hielt Ausschau und kaute dabei auf der Unterlippe. Typisch, dass der Junge zu spät kam. Während die beiden älteren Damen im Schatten einer Bushaltestelle standen und Neuigkeiten aus zwölf Jahren austauschten, lief sie rastlos auf und ab. Hinaus in die stechende Sonne, zurück in den gedämpften Schatten. Raus und rein, hin und her, jedes Mal ein Schritt in die Vergangenheit, gefolgt von einer entschlossenen Kehrtwende in die Zukunft. Lana versuchte, die Sinne im Zaum zu halten. Aber sie blieben beharrlich rege, schmeckten die Trockenheit der Umgebung, lauschten der Leere. Alles fühlte sich so vertraut und doch so fremd an. Wie ein Besuch des Elternhauses, nachdem dort jemand anders eingezogen war.

Was ihr seltsam vorkam. Arizona war nie ihre Heimat gewesen – und würde es nie sein. Lana war bisher nur ein einziges Mal hier gewesen. Bei der Erinnerung versteifte sie den Körper, als fürchtete sie, die alten Emotionen könnten in ihr aufsteigen und sie mitreißen. Emotionen wie Hoffnung, Liebe und unerwartete, heiß lodernde Leidenschaft. Sie war damals so jung und beeinflussbar gewesen. Erst zwanzig – und das war das Problem. Zu jung, um zu wissen, dass es verrückt war, sich in einen vagen Geruch in den Hügeln zu verlieben. Eine Zeit lang hatte sie sich sogar eingebildet, zu dem Geruch gehörte ein Mann.

Aber es war bestenfalls ein Sirenengesang gewesen und hatte sie ruiniert. Es gab keinen Mann, keine Verheißung. Nur ein unaufhörliches Flüstern, das sie tagsüber beschäftigte und nachts heimsuchte. Und nun war sie zurück, mittendrin in Hitze, Staub und der verlogenen Luft.

„Oh, da ist er ja", rief Milly.

Ein ausgebleichter Jeep Wagoneer fuhr rechts ran und kam knarrend zum Stehen. Aus Millys Worten hatte Lana geschlossen, der Fahrer würde ein Führerscheinneuling sein – ein Teenager, der sich über jede Gelegenheit für eine Ausfahrt freute. Einer mit schmalen Schultern, Akne und schlaksigen Gliedmaßen.

Jedenfalls hatte sie nicht *damit* gerechnet.

Mit großen Augen starrte Lana hin, als der vermeintliche „Junge" anmutig und selbstsicher ausstieg. Anscheinend stellte der Staat Arizona neuerdings Führerscheine für kantige, um die 1,90 Meter große Muskelpakete aus. Der Mann strahlte die Befehlsgewalt eines Generals aus, als hätte er es mit einem Zug von Soldaten zu tun statt lediglich mit zwei Gästen. Dunkel. Sinnlich. Mehr als nur ein bisschen gefährlich. *Das* war ihr Chauffeur?

„Hallo, Junge." Beschwingt drückte die alte Milly dem Mann einen Schmatz auf die Wange.

Bei der Geste fauchte Lanas innere Wölfin so wild und unverhofft, dass sie wankte und einen Schritt zurückwich. Seit wann wirkte sich ein Mann so auf sie aus?

Anscheinend seit gerade eben.

Aber warum? Sie wollte und brauchte keinen Mann in ihrem Leben. Schon gar keinen, der so... so... Alpha war.

Und doch schrie jedes Molekül in ihrem Körper: *Mein!

∞∞∞∞

*

Tyler verspürte nicht die geringste Lust, den Chauffeur für ein paar alte Damen zu spielen. Er hatte unzählige Dinge zu erledigen, nicht nur im Ort, sondern auch zu Hause auf der Ranch.

Es schien immer dann etwas dringend zu werden, wenn sein Vater nicht da war und Tyler die Aufsicht hatte – eine Rolle, die er wie bei einer allmählichen Wachablösung zunehmend öfter übernahm. Diesmal hielt sich sein Vater für ungefähr eine Woche in Utah auf. Tyler störte weder die Abwesenheit des alten Mannes noch seine Chance, endlich das Kommando zu übernehmen. Er war dafür geboren worden, sich den Gefahren zu stellen, die sein Rudel bedrohten: Vampire, abtrünnige Wölfe und sogar Menschen. Letztere waren zwar schwach, aber durch ihre überwältigende Überzahl und ihre ausgeprägten Ängste ein unberechenbares Risiko.

In letzter Zeit jedoch schien er nur noch belanglose Streitigkeiten schlichten zu müssen. Dabei kam es auf zwischenmenschliche Fähigkeiten an, nicht auf Macht. Eindeutig *nicht* seine Stärke. Beinah wünschte Tyler, dass ein echtes Problem auftauchen würde, um die Dinge wieder ins rechte Licht zu rücken. Dann könnte er richtig zur Tat schreiten und es allen zeigen.

Gleich darauf verwarf er den Gedanken mit einem vehementen Kopfschütteln. Seine Aufgabe bestand nicht darin, sich zu beweisen. Er sollte anführen und den Rest ignorieren. Auch wenn es so schien, als würden alle darauf warten – beinah hoffen –, dass der erstgeborene Sohn des Alphas eine Schwäche zeigte. Na und? So lange er zurückdenken konnte, war es nie anders gewesen. Dass er bisher keinen Mist gebaut hatte, steigerte nur den Einsatz: Mittlerweile erwartete man von ihm Perfektion. War er ein Wolf oder ein Magier?

Tyler zwang sich, tief durchzuatmen. Er war der Sohn seines Vaters. Er würde gute Arbeit leisten – sogar bessere als sein Vater, wenn es ihm möglich wäre.

Wieso zum Teufel spielte er also den Taxifahrer für ein paar alte Damen?

Die Frage konnte er beantworten. Tante Milly – tatsächlich seine Großtante – hatte ihn praktisch großgezogen. Sie war außer seinem Vater die Einzige, die ihm Anweisungen erteilen konnte. Allerdings tat sie es mit honigsüßer Stimme und einem Kraulen seiner Wange, als wäre er noch ein Welpe. Vor neunzig Minuten hatte er Milly am Flughafen abgesetzt, damit sie ihre Freundin in Empfang nehmen konnte. Er hatte in der Zwischenzeit zähneknirschend einige Besorgungen erledigt. Nun hielt er vor dem Ankunftsbereich und tippte ungeduldig mit den Fingern aufs Lenkrad. Wo steckten sie denn?

Dann entdeckte er Milly bei einem Haufen Gepäck. Sie plauderte im Schatten einer Bushaltestelle mit einer anderen grauhaarigen Frau. Tyler musste ein Gähnen unterdrücken, als er sich den antiquierten Inhalt ihrer Unterhaltung vorstellte. Zu schade, dass sie nicht mit der langbeinigen Brünetten zusammen waren, die in der Nähe auf und ab lief. Der mit den unverschämt heißen Waden und dem selbstsicheren Gang. *Die* Frau würde er mit Freuden chauffieren.

Dann berichtigte sich Tyler. Tatsächlich würde sein schürzenjagender Bruder sie mit Freuden chauffieren. Er selbst hatte nicht vor, sich je wieder von einer Frau verzaubern zu lassen.

Nicht mal von dieser.

Dennoch schnupperte er im Vorbeifahren und versuchte, ihren Duft aus der komplexen Symphonie der Stadtgerüche herauszufiltern.

Was wäre, wenn... wenn... versuchte es sein Wolf.

Ein Teil von ihm erbebte vor Hoffnung, während ein anderer angewidert schnaubte. *Lass es gut sein.* Schließlich würde die Frau, an die er vor so langer Zeit sein Herz verloren hatte, nicht einfach wieder in sein Leben zurückkehren.

Er schaltete den Motor ab und stieg aus.

„Tyler, mein Junge, das ist meine liebe Freundin Ruth", stellte Tante Milly vor.

„Ich erinnere mich noch an dich als kleinen Welpen!", rief Ruth. „Meine Güte, was bist du groß geworden."

Er kniff die Lippen zusammen und ließ es über sich ergehen.

„Und das ist meine Enkelin Lana." Sie deutete auf jemandem hinter ihm.

Als er sich umdrehte, erstarrte er zwischen Einatmen und Ausatmen. Es war die Brünette. Sie trug eine leichte Caprihose und ein T-Shirt mit V-Ausschnitt, das eine athletische Figur erahnen ließ. Die Frau schien um die dreißig zu sein, ein wenig jünger als er. Ihr Gesicht ließ keinen Pinselstrich Make-up erkennen, und es fehlte jede Spur von Schmuck. Beides brauchte sie nicht. Sie war auch so perfekt.

Zum Glück reagierte sie etwas langsam, denn seine Gelenke stockten zusammen mit seiner Atmung. Als sie schließlich die Hand zur Begrüßung ausstreckte und seine ergriff, feuerten alle seine Synapsen gleichzeitig.

„Hi", sagte sie in knapper Ostküstenart. Ihr Blick begegnete seinem. Ihre großen Augen erwiesen sich als blau wie der Wüstenhimmel nach einem willkommenen Regen. Tyler fühlte sich von ihr gleichzeitig angezogen und im Sturzflug wie ein Fallschirmspringer. Die Hand, die seine hielt, war warm und passte so perfekt in seine, dass er sie nicht loslassen konnte.

Durch das Rauschen in seinen Ohren drang eine Stimme zu ihm durch. „Hol das Gepäck, mein Junge", rief Milly mit einem Fuß bereits im Auto.

Gepäck? Ach ja. Richtig. Er schnappte sich eine Tasche vom Handwagen und lud sie in den Jeep. Dann drehte er sich nach dem nächsten Gepäckstück um und nahm es Lana ab. Es handelte sich um einen leichten, sportlichen Seesack. Überhaupt nicht damenhaft. Also hatte sie entweder ultraleicht gepackt oder nicht vor, lange zu bleiben. Bei dem Gedanken spannten sich die Muskeln um seine Rippen an.

„Ich kann das selbst", protestierte sie zu spät. Als er sich zu ihr zurückdrehte, wirbelte es in ihren Augen zornig wie am Himmel vor einem Sommergewitter.

Einen Moment lang verlor er sich in diesem Sturm, bevor ihn ein gedämpftes Knurren von ihr in die Gegenwart zurückholte. Mist. Offenbar eine dieser sturen, unabhängigen Frauen, die sich selbst die Türen öffneten und sich lieber einen Bruch hoben, als jemanden helfen zu lassen. Nur um zu beweisen, dass sie niemanden brauchten. Eine sture Frau, die... die einen unheimlich verlockenden Duft verströmte. Frisch. Vielversprechend wie ein Westwind. Beinah vertraut.

Tyler war noch dabei, sich darin zu verlieren, als sich Lana an ihm vorbeidrängte und eine weitere Tasche ins Auto wuchtete. Na toll. Er hatte es bereits geschafft, sie zu verärgern.

Tyler biss sich auf die Unterlippe und spannte die Kieferpartie an. Darin war er gut – Leute zu verärgern. Sie auf Abstand zu halten. Dumm nur, dass diese Frau zu den wenigen gehörte, die er vielleicht gern näher bei sich gehabt hätte.

Sehr nah, pflichtete ihm sein innerer Wolf bei.

Er schlug die Tür etwas fester als nötig zu und verfluchte die lange Fahrt nach Hause.

∞∞∞∞

Bereits nach wenigen Minuten verwünschte Tyler die Gangschaltung und wünschte, er säße in seinem eigenen Truck. Aber da sich ein Pick-up mit offener Ladefläche wohl kaum eignete, um alte Damen zu chauffieren, saß er in einem der Autos der Ranch fest.

Allerdings lag sein Unmut nicht nur am Fahrzeug. Lana brachte ihn um den Verstand. Sie saß direkt hinter ihm, während die älteren Frauen von alten Zeiten schwärmten. Da der Wind durchs offene Fenster hereinfegte, konnte Tyler ihren Geruch nicht richtig aufschnappen. Ihre Körperhaltung wirkte steif, ihr Gesichtsausdruck sorgfältig neutral. Alles an dieser Frau wies auf Disziplin und Kontrolle hin. Auf ungezähmte Weise war sie außerdem hübsch. Alles an ihr weckte in ihm den Wunsch, mehr über sie zu erfahren.

Gern hätte er etwas gesagt, um ihr eine Erwiderung zu entlocken und mehr von ihrer Stimme zu hören. Aber Worte waren noch nie sein Ding gewesen. Also verkrampfte er stattdessen die Hände ums Lenkrad und stellte sich auf eine lange Fahrt ein.

Während sie die Hitze der Stadt hinter sich ließen und in die kühleren, höheren Lagen des Nordens gelangten, saß Lana wie eine überspannte Feder auf dem Rücksitz. Sie wirkte hin- und hergerissen zwischen dem Wunsch, ganz Nord-Arizona einzuatmen, und dem Drang, sich zurückzuhalten. Tyler kannte das Gefühl gut. Von Selbstdisziplin versklavte Leidenschaft. Nie zu viel von sich preisgeben. Er wusste, warum er es tat. Aber warum sie?

„Wenn wir auf der Ranch sind, kannst du Lana vielleicht alles zeigen", schlug Tante Milly vergnügt vor.

Ich kann ihr auf jeden Fall alles zeigen, murmelte sein Wolf. *Und ich wette, sie könnte mir auch das eine oder andere zeigen.*

Tyler nahm sein inneres Tier an die Leine. Es strampelte und brüllte, als er es in einen dieser dämlichen Haustierkäfige sperrte, die seine Fantasie bereitstellte. Er konnte praktisch das Kratzen der Krallen über den rutschigen Linoleumboden hören. Dann verirrte sich sein Blick im Innenspiegel zu Lana und schnellte prompt wieder weg. Er würde dieser Frau auf keinen Fall irgendetwas zeigen.

„Hab Arbeit", brummte er – und bereute es sofort.

Sich Kupplungsversuchen zu widersetzen, war ihm mittlerweile in Fleisch und Blut übergegangen. Sogar sein Vater hatte vor kurzem eine üble Nummer abgezogen und wollte ihn mit einer arrangierten Gefährtin paaren. Allein beim Gedanken daran musste er ein Knurren unterdrücken. Das bisschen Privatleben, das er hatte, ging niemanden etwas an. Er hatte seine vom Schicksal auserkorene Gefährtin gefunden und wieder verloren. Eine andere konnte es für ihn nicht geben. Fall abgeschlossen.

„Oh Lana", trällerte ihre Großmutter auf dem Beifahrersitz. „Sieh dir nur den hübschen Kaktus an."

Als sich Lana vorbeugte, um hinzuschauen, wehte ihr Haar verlockend nah an Tylers Schulter. Er schluckte schwer.

„Und oh – was für ein prächtiger Falke!", schwärmte Ruth.

Als sich Lana duckte, um durch die Windschutzscheibe zu spähen, holperte der Wagen durch ein Schlagloch. Als sie die Hand ausstreckte, um sich am Sitz in der Nähe von Tylers Schulter abzustützen, geriet sein Blut in Wallung.

So zog sich die Fahrt noch lange hin. Jede Meile wurde zu einem Eiertanz und einer Qual. Lana gab kaum einen Mucks von sich. Tyler geriet in Versuchung, selbst das Wort zu ergreifen, nur um zu sehen, wie sie darauf reagierte.

Lana, würde er sagen, *siehst du die Hügel da drüben? Dahinter liegt unser Ziel.* Sie würde sich so nah zu ihm lehnen, dass er sogar ihren Atem am Ohr spüren könnte. *Das ist die Ranch. Ein bisschen hemdsärmelig, aber der schönste Ort der Welt.*

Tyler wollte hören, wie sie bewundernd nach Luft schnappte, und sehen, wie sie die Augen zusammenkniff, um mehr zu erkennen. Er wollte, dass sie erfuhr, was der Ort für ihn bedeutete.

Oder vielleicht würde er sagen: *Lana, du solltest es hier im Frühling sehen, wenn die Wüste erblüht.* Dann würde sie vielleicht den Kopf hin- und herdrehen und staunen, ob sie wollte oder nicht. Ganz so wie er früher als Kind.

Er wollte einen Arm über die Rückenlehne seines Sitzes legen, sich umdrehen, ihr einen Blick zuwerfen – am besten genau in die Augen sehen – und sagen: *Lana, du erinnerst mich an jemanden, ich weiß nur nicht, an wen.*

Allerdings kam er gerade mal so weit, dass er den Todesgriff um das Lenkrad lockerte und den Mund öffnete. Lana beugte sich vor. Ihr Blick heftete sich im Innenspiegel auf seine Lippen. Sie legte den Kopf schief, als wollte sie seine noch unausgesprochenen Worte hören. Gleich darauf jedoch lehnte sie sich wieder zurück und verschränkte die Arme vor der Brust.

Er seufzte. Als ob er in ihrer Gegenwart auch nur einen geraden Satz herausbringen könnte. Unmöglich, wenn sein Puls allein bei ihrem Anblick so in die Höhe schnellte. Obwohl sie alles Mögliche in der Wüste betrachtete, nur nicht ihn.

Ruth deutete aus dem Fenster auf die letzten Ausläufer von Phoenix. „Unfassbar, wie sehr die Stadt gewachsen ist. Erinnerst du dich daran, Lana?"

Tyler spitzte die Ohren. Woran sollte sie sich erinnern?

Lana murmelte etwas Vages. War sie schon einmal hier gewesen? Sein Verstand begann, tief zu buddeln und überallhin Dreck zu verstreuen, stieß aber auf keine Spur von ihr. Dann wechselte Ruth zu einem anderen Thema, und seine Chance, danach zu fragen, war dahin. Wahrscheinlich brachte die alte Dame nur etwas durcheinander. Wenn Lana schon einmal in Arizona gewesen wäre, würde sich Tyler daran erinnern.

Auf jeden Fall.

Jeder animalische Instinkt in ihm regte sich, wollte Lana berühren und schmecken. Am liebsten hätte er sie aus dem Wagen gezerrt und an einen ungestörten Ort gebracht, um sie aus der Nähe zu studieren. Und nicht nur ihren Körper. Auch den Rest. Was ging in ihrem Kopf vor? In ihrem Herzen? In ihrer Seele?

Ein solches Gefühl hatte er... wie lange nicht mehr gehabt? Natürlich hatten es schon andere Frauen geschafft, ihn in Fahrt zu bringen, allerdings hatte es sich immer so ziemlich auf sein bestes Stück beschränkt. Diese Frau sprach etwas wesentlich Tieferes in ihm an. Er wollte sie nicht so sehr flachlegen, sondern... was genau? Was wollte er?

Sie kennenlernen. Aus ihr schlau werden. Das wollte er.

Na schön, auch mit ihr schlafen.

Wer war sie? Wie konnte sie es wagen, eine solche Wirkung auf ihn zu haben? Denn niemand sonst bewirkte so etwas bei ihm. Niemand! Nicht mehr seit jener Phantomfrau – und die gab es nicht wirklich.

Kapitel 2

Nach zwanzig Meilen Fahrt versuchte Lana immer noch, den vermeintlichen Jungen, den Milly ihr vorgegaukelt hatte, mit dem Mann im Auto in Einklang zu bringen. Dem sehr echten, sehr erwachsenen Mann.

Von wegen schlaksig.

Sie hatte beobachtet, wie er sich über eine Tasche gebeugt und sie hochgehoben hatte, als wäre sie federleicht. Ein knackiger, strammer Hintern füllte seine Jeans aus, und unter den Ärmeln seines weißen T-Shirts wölbte sich ein beachtlicher Bizeps. Auch keine Bräunungsstreifen an den Rändern. Man konnte sich nur allzu leicht vorstellen, wie er sich mit nacktem Oberkörper die Sonne auf die Haut scheinen ließ. Dann jedoch hatte er ihr die nächste Tasche aus der Hand genommen, und sie hatte Rot gesehen.

Alphas. Ausgestattet mit den zwischenmenschlichen Fähigkeiten von Neandertalern. Als Tochter eines Alphas und Schwester dreier anderer musste sie es wissen. Alpha-Männer waren alle gleich.

Nur der hier ist das schönste Exemplar, das mir je untergekommen ist, brummte ihre Wölfin.

Mit der tiefen Sonnenbräune und dem braun-schwarzen Haar sah der Mann zum Niederknien lecker aus, wie dunkles Schokoladeneis mit geschmolzenem Karamell obendrauf. Was gäbe sie nicht dafür, sich in diesem Moment auf ihn zu stürzen. Sein Gesicht war weniger gutaussehend, vielmehr verführerisch, obwohl er die Stirn in Falten gelegt hatte und die Lippen verkniffen wirkten. Die breiten Schultern waren so straff, als würde er es jeden Augenblick mit einem erbitterten Gegner zu tun bekommen. War er immer so angespannt?

Und roch er immer so gut? Er musste mit etwas sehr, sehr Maskulinem geduscht haben. Der Mann duftete nach Wüste: kantig und brutal ehrlich. Oder vielleicht lag es gar nicht an Seife, sondern an ihm selbst.

Riecht so, als würde er mir gehören. Ihre Wölfin schnurrte praktisch.

Eine finstere Miene huschte über Lanas Züge. Unwillkürlich fragte sie sich, ob sich die Frauen aus der Gegend eine Art Lotteriesystem ausgeknobelt hatten, um zu entscheiden, wer mit ihm das Bett teilen durfte. Oder hielt er sich an eine einzige Glückliche? Das bezweifelte Lana. Einen gepaarten Wolf erkannte man aus einer Meile Entfernung, weil er Ruhe und Zufriedenheit ausstrahlte. Dafür wirkte Tyler zu rastlos, zu grüblerisch.

Lana schnupperte erneut. Ein Mann wie er sollte eigentlich den Geruch eines halben Dutzends kürzlicher Eroberungen aufweisen wie einen magischen Männlichkeitstrank, der dazu diente, noch mehr Frauen anzulocken. Wahrscheinlich achteten seine Partnerinnen bewusst darauf, sich an ihm zu reiben und sich als Zeichen für die Welt an ihm zu verewigen. Lana stellte sich eine mit Graffiti vollgesprühte Mauer vor. *Cindy war hier*, würde darauf stehen. Und es würde sich mit *Tyler + Lucy* in einem Herz überlappen. Oder vielleicht mit *Kerri liebt Tyler*, und ein Teil von *Kerri* würde von einer eifersüchtigen Seele weggekratzt sein.

Keiner macht mit meinem Mann rum, meldete sich knurrend ihre Wölfin zu Wort.

Lana schnupperte erneut. Überrascht stellte sie fest, dass sie keine Spur einer weiblichen Note vermischt mit seinem Duft entdeckte. Der Mann roch eher nach Pflichtbewusstsein und Verantwortung. Ein Alpha durch und durch.

Innerlich schüttelte sie den Kopf und versuchte, ihre Sinne von ihm zu lösen. Aber dieser Mann zog sie an wie noch keiner davor. Plötzlich verstand sie, wie sich Vögel fühlen mussten, wenn sie nach Süden flogen. Es war, als würde Mutter Natur auf ihn zeigen und eindringlich sagen: *Er! Er!*

Aber jedes Mal, wenn sie den Mut aufbrachte, einen verstohlenen Blick in seine Richtung zu werfen, schien er sich weiter in seine unsichtbare Rüstung zurückzuziehen. Als würde er sich einrollen wie ein Gürteltier, um seine Emotionen tief in sich zu verbergen.

Lana presste sich auf dem Sitz nach hinten, soweit es ging. *Ich mag ihn,* verkündete ihre Wölfin in sinnlichem Ton.

Das Tier scherzte wohl. Der Mann war entschieden zu intensiv. Zu... zu viel von allem. Hatte ihre Mutter sie nicht immer vor Alphas gewarnt?

Der Jeep ließ den dichten Verkehr in der Stadt hinter sich und fuhr nach Norden in die offene Wüste. Lana hatte sich eigentlich vorgenommen, dem Ruf der Landschaft zu widerstehen. Aber da er mittlerweile die harmlosere von zwei Versuchungen zu sein schien, schaute sie dennoch aus dem Fenster. Feigenkakteen zogen draußen vorbei, und vereinzelte Saguaro-Kakteen wichen dürrem Buschwerk, als die Straße anstieg. Jede Pflanze klammerte sich hartnäckig an ihr Fleckchen ausgedörrter Erde und kämpfte ums Überleben. Dennoch flüsterte ihr hier irgendetwas so wie schon bei ihrem ersten Besuch zu. Die Erkenntnis empfand Lana als zugleich erregend und erschreckend.

Genau wie Tyler. Ihre Sinne konnten nicht widerstehen, sich immer wieder auf ihn zu richten – und nicht nur flüchtig, sondern um ihn zu betrachten, zu studieren, sich die Einzelheiten einzuprägen wie die letzten Tage des Sommers.

Fühlt sich wie ein Zuhause an, brummte ihre Wölfin.

Lana blinzelte mehrmals und versuchte, klaren Kopf zu bekommen. Gut, dass es hier in den höheren Regionen kühler war als in der Stadt. Der Jeep kämpfte sich einen steilen Hang hinauf, an den sich Lana noch vage von ihrer ersten Fahrt erinnerte. Aus dem Augenwinkel sah sie etwas Unvereinbares in der trockenen Landschaft rot aufblitzen. Ein Sportwagen fuhr neben den Jeep. So nah und so laut, dass die Basstöne der Stereoanlage des Autos durch ihre Knochen vibrierten. Lana betrachtete prüfend Tylers Gesichtsausdruck im Innenspiegel, aber er verzog keine Miene, ließ sich nichts anmerken.

Mit einem kräftigen Druck aufs Gaspedal brauste der Sportwagen voraus. Jeder von Lanas Brüdern hätte dem Auto einen Kommentar hinterhergeschleudert. Tylers einzige Reaktion bestand darin, sich kurz am Ohr zu kratzen. Dann kehrte seine Hand auf das Lenkrad zurück, wo die Knöchel weiß hervortraten.

Eine Stunde verging, obwohl sie sich wie eine Ewigkeit anfühlte. Wie sollte Lana es eine Woche in seiner Nähe aushalten?

„Jetzt ist es nicht mehr weit", sagte Milly.

Lana schloss die Augen. *Schon viel zu nah.*

Tyler bog von der Landstraße ab und fuhr einen ungekennzeichneten Feldweg entlang. Wie alle Wolfsrudel achtete auch das von Tyler darauf, unscheinbar zu bleiben. Es kam nichts Gutes dabei heraus, die Aufmerksamkeit von Menschen auf sich zu ziehen.

Beim Abbiegen bemerkte Lana, wie sich Tylers Nasenflügel blähten. Irgendetwas stimmte nicht. Sie konnte es spüren. Tylers Kieferpartie spannte sich leicht an, obwohl er kein nervöses Zucken erkennen ließ oder sich einen imaginären Bart rieb. Trotzdem war die Anspannung vorhanden. Sie versteckte sich in der Haltung seiner Schultern, im krampfhaften Griff seiner Finger um das Lenkrad. Und da – er kratzte sich erneut am rechten Ohr.

Unglaublich. Der Mann war derart verschlossen, dass sein einziges Ventil ein Kratzen am Ohr zu sein schien. Sein Blick schwenkte nach links und heftete sich auf eine Stelle hoch in den Hügeln. Lana folgte der Richtung, entdeckte jedoch nichts.

Was ist da oben, dass er dorthin fliehen will? fragte ihre Wölfin.

Lana sah sich im Fahrzeug um. Hatte es sonst niemand bemerkt? Die älteren Damen schienen es nicht mitbekommen zu haben. War das immer so? Tyler versteckte seine Gefühle derart gut, dass es nach außen hin wirkte, als hätte er keine. Aber Lana konnte sie trotzdem sehen. Er war keine Maschine, sondern ein Mann, halb erdrückt von der schweren Last der Verantwortung.

„Da sind wir. Die Twin Moon Ranch." Ruth deutete nach vorn.

Der Jeep überquerte eine niedrige Brücke, die sich über ein rissiges, ausgetrocknetes Bachbett spannte. Dann verlangsamten sie die Fahrt unter einem Torbogen aus Holz hindurch. Oben hing das Brandzeichen der Twin Moon Ranch: zwei Kreise nebeneinander, die sich zu einem Drittel überlappten. Auf den ersten Blick hatte sich die Ranch kein bisschen verändert. Dieselben Schwarz-Pappeln spendeten Schatten für zwei Reihen von Gebäuden zu beiden Seiten eines zentralen Platzes. Ohne die Pick-ups hätte es sich um eine Filmkulisse handeln können, aber Lana wusste, dass alles echt war. Der wahre Wilde Westen.

Die fünf Männer auf der Veranda des ersten Gebäudes rechts drehten sich dem eintreffenden Fahrzeug erwartungsvoll zu. Den angespannten Mienen nach zu urteilen, hatten sie wohl ernste Rudelangelegenheiten zu besprechen.

Irgendetwas ist im Busch. Irgendwelcher Ärger. Ihre Wölfin schnupperte.

Als sich Tyler erneut kurz kratzte, überkam Lana der Drang, ihm tröstend das Ohr zu lecken und seine Sorgen wegzupusten. Alpha-Wölfe mochten an der Spitze des Rudels herrschen, aber sie standen allein. Während Siege geteilt wurden, schwebte das Schreckgespenst einer Niederlage nur über dem Alpha. Tyler strahlte diese grüblerische Aura aus.

Die meisten Alphas entlastete die Unterstützung von Geschwistern oder einer Gefährtin. Oder sie ließen bei gelegentlichen Prügeleien Dampf ab. Dieser Mann hingegen war der Typ, der einen immer größeren Damm um sich errichtete und alles in sich behalten wollte. Nur zu gern hätte Lana über den Sitz gefasst, seine Schultern massiert und ihm etwas Beruhigendes ins Ohr geflüstert. Aber wie könnte sie das? Er war ein Fremder, und sie befand sich nur auf der Durchreise.

Tyler verlangsamte den Wagen auf Schrittgeschwindigkeit, als sich einer der Männer näherte, und die beiden schienen sich zu verständigen, indem sie sich kurz gegenseitig zunickten.

Milly rief eine fröhliche Begrüßung. „Hallo, Cody, mein Schatz!"

Der blonde Mann setzte ein gewinnendes Lächeln auf und winkte. Er wirkte unter den anderen fehl am Platz. Zu jung und zu fröhlich für die Umgebung. Er hätte besser in die Brandung eines kalifornischen Strandes gepasst als auf eine Ranch. Lana hätte gewettet, dass die Frauen bei ihm Schlange standen. Sie jedoch hatte nur Augen für Tyler. Dieses Gefühl, hellwach und lebendig zu sein, war seit Jahren nicht mehr durch ihr Blut geströmt. Das konnte kein Surfertyp bei ihr bewirken.

Tyler beendete den vertraulichen Dialog und fuhr weiter zu einer Gabelung, bog nach links und rollte an mehreren Häusern und Scheunen vorbei. Alles an dem Ort war noch so wie in Lanas Erinnerung: eine kleine Gemeinde mit ordentlichen Rasenflächen und gewundenen Bewässerungsgräben, die in Koppeln und offenes Land übergingen. In einer zutiefst gestörten Welt schien die Twin Moon Ranch ein kleines, schattiges Paradies zu sein. Die Frage lautete: Wie viel davon war ein Trugbild?

Tyler ließ die beiden älteren Damen aussteigen und lud das Gepäck an Millys Doppelhaus ab. Danach bedeutete er Lana mit einer Kopfbewegung, zum Auto zurückzukehren.

„Du wohnst im Gästehaus." Sein Tonfall vermittelte den Rest: *Fahren wir. Ich habe noch anderes zu erledigen.*

„Ich finde es schon", sagte sie stur.

„Ich bringe dich hin." *Steig ins Auto.*

Sie verschränkte die Arme vor der Brust und schaute finster drein. Praktisch die ersten richtigen Worte, die er an sie richtete, und dann gleich ein Befehl. Andererseits, was hatte sie denn erwartet?

Nur die Erinnerung an die Gruppe der auf Tyler wartenden Männer ließ sie auf den Beifahrersitz einsteigen und die Zunge hüten. Zwei Minuten später parkte Tyler den Wagen auf dem zentralen Platz. Die Männer schauten erwartungsvoll herüber, aber Tyler schenkte ihnen keine Beachtung. Er schnappte sich Lanas Tasche, bevor sie protestieren konnte, und winkte sie auf einen schmalen Weg zwischen zwei Gebäuden. Vor ihnen warf dichtes Gebüsch seine Schatten auf eine winzige Lehmhütte mit Schrägdach und einem Schornstein, der wie eine entschlossene Ranke an einer Wand aufragte. Mit zwei schnellen Schritten überquerte Lana die knarrende Holzveranda, dann blieb sie vor der Tür stehen und atmete die scharfe Würze der daran aufgereiht hängenden Chilischoten ein.

Hinter ihr quietschten die Dielen, als sich Tyler näherte. Sie konnte seine Körperwärme spüren.

So nah, hauchte ihre Wölfin.

Instinktiv drehte sie sich um und musterte ihn. Sein Haar sah gerade lang genug aus, dass ihre Finger zu einem kurzen Ausflug hindurchwandern könnten. Sie stellte sich vor, wie nah sie ihm dafür kommen müsste. Nah genug, um das Kratzen seiner Bartstoppeln zu spüren. Nah genug, um diese Lippen zu kosten. Nah genug, um ihn zu kraulen, bis sich die Anspannung seines straffen Körpers legte. Nah genug, um sich aneinanderzuschmiegen, sich ineinander zu verheddern...

„Es ist offen." Tylers Stimme klang barsch.

Mit einer Willensanstrengung riss sich Lana zusammen. Gott, war ihre Wölfin heute außer Kontrolle.

Die Insektenschutztür gab ein rostiges Quietschen von sich, als sie eintrat. Über ihr rochen die schweren Balken nach Holzöl und Zeit. Weiß gestrichene Wände führten zur hohen Decke hinauf. Ein Gemälde einer Rose hing über dem Bett und flüsterte von unbesonnenen Möglichkeiten.

„Tja, ich schätze, das war's", murmelte Tyler und stellte ihre Tasche ab.

Ihre Blicke begegneten sich, als er sich aufrichtete, und das Flüstern in Lanas Ohren wurde zu Gebrüll. Sie verlor sich in seinen tiefen, dunklen Augen. Seine wie gemeißelt wirkende Kieferpartie pulsierte vor unausgesprochenen Worten. Lana war wie erstarrt und loderte gleichzeitig.

Der Moment zog sich gefühlt ewig hin, während es in ihren Ohren pochte und summte. Schlug ihr Herz kaum? Oder raste es wie das eines Kaninchens? Eine geheime Verständigung schien sich zwischen ihnen abzuspielen – eine Frage, die gestellt und beantwortet wurde –, obwohl ihr Verstand nicht verarbeiten konnte, was genau es sein könnte. Sie glichen Marionetten, bloßen Zuschauern einer größeren Inszenierung.

Dann schlug Tyler die Augen nieder, und die Welt stand still.

„Ich muss los", brummte er.

Ihr Verstand brauchte einen Moment, um die Worte zu begreifen, und bis es ihm gelang, war bereits die Insektenschutztür hinter Tyler zugefallen. Er war weg.

Nein... warte... protestierte ihre Wölfin, doch es war zu spät.

Lana ließ sich aufs Bett plumpsen und nahm das Zufallen der Haustür kaum wahr. Eine Schweißperle tropfte in Zeitlupe von ihrer Stirn. Sie war von einem Tornado gestreift worden, hatte überlebt, taumelte noch von der Erfahrung und fragte sich, wie kurz er davorgestanden hatte, sie mitzureißen.

Gefährte. Ihre Wölfin seufzte. *Dieser Mann ist mein Gefährte.*

Zum ersten Mal seit langer Zeit wollte sie wieder an die Mythen von Wolfsgestaltwandlern glauben. Dass es Liebe auf den ersten Blick gab. Dass sie ihren vom Schicksal auserkorenen Gefährten finden würde. Dass die Luft dann flimmern und knistern würde. Dass sich ihre Lust mit seiner vereint und einen lebendigen Sturm der Leidenschaft entfesseln würde. Dass sie sich nie, nie wieder trennen würden.

Aber dieser Mann könnte genauso gut Stacheldraht um seinen Oberkörper gewickelt haben und ein Warnschild um den Hals tragen. *Vorsicht! Drohender Tod durch Hunderttausend Volt.* Lana fragte sich, ob dieser Schutzmechanismus von Tyler selbst oder von einer äußeren Kraft stammte.

Wir können ihm helfen, behauptete ihre Wölfin. *Dabei, lockerer zu werden. Zu leben. Zu lieben.*

Ihre Atmung beruhigte sich allmählich, als ihr Verstand die Zügel in die Hand nahm. Vielleicht hatte Tyler diese Wirkung auf alle. Ein mächtiger Alpha konnte so etwas – alles und jeden auf seinem Weg in Brand setzen. Entweder ging man in lodernden Flammen auf, oder er würde auf die langsame Art töten: durch ein gebrochenes Herz.

Es erschien ihr am besten, ihn zu meiden. Der Mann war herrisch, vielbeschäftigt und schwer beschädigt. An ihm musste eine Menge repariert werden – und verdammt, Lana war keine Mechanikerin.

Außerdem: Ein Mythos blieb ein Mythos. Vom Schicksal vorherbestimmte Gefährten gab es nicht – jedenfalls nicht mehr. Gestaltwandler, die Gefährten fanden, gingen dabei auf die unbeholfene menschliche Art vor: durch Ausprobieren. Durch Abschätzen, Experimente und Kompromisse. Und selbst das kostete Zeit, Geduld und Hoffnung – drei Dinge, die Lana nicht besaß. Diese verrückte Regung in ihrer Seele war nur ihre Wölfin, die den Ruf der Wüste hörte. Das wiederum ließ sich durch die andere Hälfte ihrer DNA erklären, die von ihrer in Arizona geborenen Mutter stammte.

So oder so, es spielte keine Rolle. Lana konnte ihre Triebe verdammt gut im Griff behalten. Eine Frau brauchte schließlich einen gewissen Stolz. Lana verdrängte Tylers Bild aus dem Kopf. Sie würde sich darauf konzentrieren, wofür sie hergekommen war, und dann schleunigst aus Arizona verschwinden.

Und nie zurückkommen.

Kapitel 3

Als sich Tyler von der Lehmhütte entfernte, atmete er tief ein und aus, was er vorhin drinnen vergessen hatte. Nur mit Müh und Not hatte er sich losgerissen, und sein Wolf tobte noch wild in ihm, wollte unbedingt heraus.

Nimm sie, verlangte das Tier knurrend. *Du weißt, dass du sie willst.*

Das tat er. Geradezu verzweifelt. Und sie empfand genauso. Eine Berührung, und sie würde ihm gehören. Das konnte er fühlen.

Nimm sie sofort!

Er wollte, nein er brauchte sie wie ein Säufer einen Drink. Sie könnte ihn befreien. Vielleicht sogar sie beide befreien.

Gott. Seine Hände zitterten – nicht durch die Nähe von Gefahr oder Feinden, sondern durch sie. Nur eine andere Frau hatte je diese Wirkung auf ihn gehabt.

Die Phantomfrau.

Es war vor Jahren passiert. Damals musst er dienstlich von der Ranch weg. Kaum war er zurückgekehrt, hatte ihn ein Geruch wie eine Hitzewelle erfasst. Ein im Wind treibender weiblicher Duft berührte ihn – oder traf ihn besser gesagt wie ein Schlag – und verschwand danach. Überwältigt vom Drang, seine Gefährtin zu finden, streifte er kreuz und quer durch die Wüste. Er verbrachte Wochen mit der Suche und setzte jeden scharfen Wolfssinn ein, um die Quelle aufzuspüren. Aber die Frau war weg gewesen – oder hatte nie wirklich existiert, war immer nur eine Ahnung im Wind gewesen, die ihn betörend ins Verderben lockte. Er würde nie wieder jemanden lieben, nie wieder jemanden wollen.

Vergiss die Phantomfrau, befahl er seinem Wolf.

Tu ich, wenn du es tust, murmelte das Tier.

Denn die Sehnsucht war nie wirklich verblasst. Sie kam und ging in unvorhersehbaren Wellen wie unberechenbare Wetterkapriolen.

Ich brauche sie. Ich will sie, rief sein Wolf.

Lanas Duft rief genauso nach ihm wie der jener Phantomfrau. Im Gästehaus hatte er kurz davorgestanden, sich nach ihr zu strecken. Nur mit Müh und Not konnte er sich gerade noch zurückhalten. Männer wie er – mit anderen Worten, Männer wie sein Vater – waren gefährlich. Ihre Intensität laugte jeden aus, den sie zu nah an sich heranließen. Wenn er Lana zur Gefährtin nähme, würde er ihr nach und nach den Lebensgeist aussaugen. Wie sein Vater bei all seinen Frauen. Eine nach der anderen waren sie alle unter seiner Intensität verwelkt. Tylers Mutter war stärker als die anderen gewesen. Bevor es zu spät für sie gewesen wäre, hatte sie ihn verlassen. Es war Tante Milly zugefallen, ihre Kinder großzuziehen. Wann immer sein Vater eine Bettgespielin fallen ließ, zog er nahtlos weiter zur nächsten und danach zur übernächsten. Es war verdammt gut, dass reinblütige Gestaltwandlerinnen notorisch schwer schwanger wurden. Sonst hätte Tyler inzwischen vielleicht Dutzende Halbgeschwister. Sein Vater hatte nie die eine Frau gefunden, die ihn ausgeglichen und vervollständigt hätte.

Je mächtiger der Alpha, desto schwieriger ist es für ihn, eine Gefährtin zu finden.

So hieß es in den Überlieferungen der Gestaltwandler, und Tyler glaubte es. Wenn Lana nicht seine vom Schicksal vorherbestimmte Gefährtin war, würde am Ende auch sie verwelken. Und wie könnte sie seine Gefährtin sein, wenn sie nicht die Phantomfrau war? Oh, sie würde sich verbissen wehren. Immerhin hatte sie ihm in die Augen gesehen und seinem Blick standgehalten. Das konnten nur die wenigsten. Seine eigenen Geschwister hatten Mühe dabei, wenn er in Fahrt war. Alle anderen starrten auf seine Stirn oder Schulter oder schauten überhaupt weg.

Macht war ein Fluch. Tyler würde für immer allein dastehen.

Aber was, wenn... flüsterte sein Wolf.

Eine verlockende Reihe von Bildern huschte durch seinen Kopf. Was, wenn Lana dieser Kraft widerstehen könnte?

Sie könnte uns ein Leben abseits von Arbeit und Pflicht schenken. Ein lebenswertes Leben.

Wenn nur ihr Duft mit dem der Phantomfrau übereinstimmen würde! Dann könnte er alle Zweifel über Bord werfen. Er dachte an ihre Begegnung im Gästehaus zurück und ließ sie vor seinem geistigen Auge anders ablaufen. Sie würden ins Gespräch kommen und vielleicht sogar lachen. Dann würde er sie zu einem Lauf in Wolfsgestalt einladen. Eins würde zum anderen führen, und schon bald würde Lana ihm erlauben, Anspruch auf sie als seine Gefährtin zu erheben.

Sie will es auch. Ich konnte es spüren, bestätigte sein Wolf.

Aber der Geruch stimmte nicht. Jedenfalls nicht ganz. Und wenn die alten Geschichten stimmten, erkannte ein Wolf seine vom Schicksal vorherbestimmte Gefährtin auf den ersten Blick. Seine Unsicherheit bedeutete, dass er sich sowohl bei Lana als auch bei der Phantomfrau irren könnte. Vielleicht gab es für ihn keine vorherbestimmte Gefährtin. Tante Milly hatte nie einen solchen Gefährten gefunden. Genauso wenig sein Vater oder einige andere Wölfe. Manche begnügten sich letztlich damit, sich mit einer Frau zu paaren, die sie als gut genug erachteten, und sie bemühten sich, dass es bestmöglich funktionierte. Gewöhnliche Gefährten in einer gewöhnlichen Beziehung. Kein Feuerwerk, keine Verbindung der Seelen, keine perfekte Paarung. Nicht annähernd so wie vorherbestimmte Gefährten.

Er trat eine Furche in den Trampelpfad. Als er sich mit der Hand durchs Haar fuhr, lösten sich seine Finger schweißnass davon, und er schnaubte über sich. Der große böse Alpha, überwältigt von einer Frau, die er nicht mal berührt hatte.

Geh zurück und versuch es noch mal, verlangte sein Wolf von ihm.

Er kämpfte gegen die Erinnerung an ihre Nähe an, ging zum Jeep und bückte sich, um die Heckklappe zu schließen. Aber statt sie zu heben, stützte er sich mit den Armen daran ab, um den steifen Körper auf den Beinen zu halten. Verdammt, in diesem Fall wurde gerade er ausgesaugt. Selbst jeder Atemzug erforderte eine bewusste Anstrengung.

Tick, verging eine Sekunde. *Alle warten auf dich.*

Tack, verging die nächste. *Diese Frau könnte dein Leben verändern.*

Tick.

Tack.

Jemand auf der anderen Seite des Wegs hustete leise. Tylers Ohr zuckte, und der Moment endete. Die Pflicht rief. Er hatte sein Rudel bisher nie im Stich gelassen und würde es auch künftig nie tun. Egal, was es ihn kostete.

Nachdem er die Heckklappe zugeknallt hatte, überquerte er den Platz.

Cody begegnete ihm mit einem verruchten Blick, wie ihn zu einem solchen Zeitpunkt nur er aufsetzen konnte. Dann ließ er in Tylers Gedanken, wie es alle Rudelmitglieder konnten, ein reumütiges Lachen ertönen, auf das eine klare Botschaft folgte.

Wer ist die süße Schnecke? Vielleicht führe ich sie später noch herum, nachdem...

Tyler klopfte Cody so hart auf die Schulter, dass sein Bruder einen Schritt zurückwankte.

Codys Augen wurden groß. *Sie gehört ganz dir, Bruder.*

Tylers Wolf knurrte, bevor er ihn an die Leine nehmen konnte. *Ja. Ja, so ist es.*

Mein Gott, und schon wieder ging es los. Allein der Gedanke an Lana versetzte sein Blut in Wallung. Ein denkbar schlechter Zeitpunkt, um sich ablenken zu lassen. Er hatte dringende Angelegenheiten zu erledigen – sehr dringende, wenn man nach den Mienen der vor dem Ratsgebäude Wartenden ging.

„Atsa." Tyler nickte ihrem Besucher zu, dem Alpha des benachbarten Kojotenrudels.

In menschlicher Gestalt besaß Atsa die drahtige Statur und charakteristischen Merkmale der Navajo sowie die scharfen Augen seines Namensvetters, des Adlers. In Kojotengestalt war der Mann ungeachtet seines Alters pfeilschnell und gerissen. Tyler hielt dem Ältesten der Kojoten die Tür auf, dann folgte er ihm ins Ratsgebäude. Hinter ihm traten der anderen Kojote und die versammelten Wolfsgestaltwandler ein.

Das Holzgebäude stand ein Stück über dem Erdboden, damit kühle Luft darunter zirkulieren konnte. Ein niedriges

Schrägdach hielt sowohl die Sonne als auch neugierige Blicke ab. Bänke säumten beide Seiten des Innenraums mit offener Mitte. Tyler sah sich in dem aufgeräumten Saal um und wünschte, alles in seinem Leben könnte so sein.

Seine Schwester Tina war bereits da und hatte ihre übliche nüchterne Miene aufgesetzt. Sie saß auf ihrem Stammplatz rechts neben dem schweren Eichenstuhl ihres Vaters. Tyler stellte sich steif vor den leeren Stuhl, während Cody hereinschlenderte, gefolgt von einigen älteren Rudelmitgliedern.

Tyler bedeutete Atsa mit einem Nicken, anzufangen. Ihr Besucher kam ohne Umschweife zur Sache.

„Du hast die Berichte gehört."

Oh, und ob er sie gehört hatte. Tyler musste sich zusammenreißen, um nicht frustriert zu knurren. Atsa und sein Kojotenrudel waren gute Nachbarn. Obwohl die Wölfe erst vor etwa zwei Jahrhunderten ihren Claim in der Gegend abgesteckt hatten und somit die relativen Neuankömmlinge waren, hatten die Rudel gelernt, friedlich nebeneinander zu leben. Sie hatten die gemeinsamen Interessen, ihre wahre Natur vor den Menschen zu verbergen und Übergriffe abtrünniger Gestaltwandler zu unterbinden.

„Ja, ich habe sie gehört."

In den vergangenen zwei Wochen waren immer wieder Berichte über Aktivitäten Abtrünniger eingetrudelt: hier ein paar tote Schafe, da ein ermordeter Mensch. Die meisten Gestaltwandler waren friedfertige, gesetzestreue Seelen, die nach einem strengen Ehrenkodex lebten – einem, von dem sich etliche Menschen eine Scheibe abschneiden sollten. Abtrünnige hingegen erkannten keinerlei Gesetze an, weder von Rudeln noch von Menschen.

„Erinnerst du dich an Yas?" Der Name holperte von Atsas Zunge.

Tyler nickte. Der weiße Kojote – daher der Name: Yas, Schnee. Yas hatte immer Unruhe gestiftet. *Weiße sind in unser Land eingedrungen*, pflegte er zu zetern. *Sie müssen vertrieben werden. Wölfe sind arrogante Mistkerle und verdienen es nicht, das Land unserer Ahnen mit uns zu teilen.* Yas hatte sogar seine eigenen Leute innerhalb des Kojotenrudels angegriffen. Letztlich gingen die Dinge zu weit, und ein anderer Gestaltwandler kam ums Leben. Als Urenkel des Alphas der Kojoten kam Yas mit der vergleichsweise harmlosen Strafe der Verbannung davon. Der Tod wäre die klügere Wahl gewesen.

„Ich erinnere mich." Tyler knirschte bei jedem Wort mit den Zähnen.

Als Atsa seufzte, wurde jede Falte in seinem greisen Gesicht tiefer. „Er ist es, der Unruhe stiftet. Späher glauben, im Westen seine Fährte aufgeschnappt zu haben. Von Yas und anderen, die... unrein sind."

„Abtrünnige", stellte Tyler richtig, und alle Blicke hefteten sich jäh auf ihn. Warum um den heißen Brei herumreden? Sie waren Abtrünnige und stellten eine sehr reale Gefahr dar. Er erwiderte jeden Blick mit seinem eigenen stechenden Starren, bis jeder Einzelne unterwürfig die Augen niederschlug. Dann sah er wieder Atsa an und milderte seinen Blick für den Greis. Einen Ältesten hatte man zu respektieren und zu verehren, auch wenn der Mann in seinem Rudel für keine so strenge Disziplin sorgte, wie Tyler es sich gewünscht hätte.

„Wo sind sie jetzt?", verlangte er zu erfahren.

Aus dem Augenwinkel bekam er mit, dass Tina unablässig die Hände faltete und öffnete. Damit wollte sie ihm zu verstehen geben, dass er ruhig bleiben sollte. Seine Schwester, die Diplomatin.

Atsas Gesichtsausdruck vermittelte die Müdigkeit eines Mannes, der sich verraten fühlte. „Sie verwischen ihre Spuren gut und bewegen sich schnell..."

Hätte ein Mann von geringerem Rang vor ihm gestanden und um den heißen Brei herumgeredet, Tyler wäre ausgerastet. So begnügte er sich mit einem scharfen Blick, während er spürte, wie seine Rudelkameraden ihn aufmerksam beobachteten. Es war so vertraut geworden – dieses Gefühl eines Publikums, das kollektiv den Atem anhielt, sich vorbeugte und hoffte, den Trapezkünstler abstürzen zu sehen. Würde sich Tyler als würdiger Nachfolger seines Vaters erweisen?

„Und?" Es drang barsch heraus und richtete sich mehr an seine Rudelkameraden als an Atsa.

Der alte Kojote schüttelte den Kopf. „Ich fürchte, Yas hat vor, nach Hause zurückzukehren. Und nicht allein."

„Nach Hause." Tyler sprach es als Feststellung aus, nicht als Frage. Man hatte seit Jahren nichts mehr von Yas gesehen oder gehört. Und eine Rückkehr nach der Verbannung sollte nicht möglich sein. Yas durfte nie nach Hause kommen. Wenn er es versuchte, würde es noch mehr Ärger, noch mehr Blutvergießen geben.

Vielleicht ist Yas genau darauf aus, meinte Tylers Wolf knurrend.

Wäre die Gefahr von einem anderen Abtrünnigen ausgegangen, er wäre nicht so besorgt gewesen. Aber Yas war ehrgeizig. Clever. Bösartig und nur halb zurechnungsfähig. Oh ja, Tyler erinnerte sich gut an ihn.

Den Rest besagte Atsas Schweigen. Die Kojoten hatten keine Ahnung, wann oder wo die Abtrünnigen zuschlagen könnten. Kojoten waren berüchtigt dafür, schwer aufzuspüren zu sein – schwerer als der cleverste Wolf.

Tyler wandte sich an Cody. „Wann werden Lance und Josie zurückerwartet?"

Bestimmt könnten der beste Fährtenleser des Rudels und seine Gefährtin, eine erfahrene Jägerin, die Abtrünnigen aufspüren – wenn sie rechtzeitig aus Wyoming zurückkehrten.

Cody schüttelte entschuldigend den Kopf. „Erst in einer Woche. Und es ist uns bisher nicht gelungen, Verbindung mit ihnen aufzunehmen."

Tyler unterdrückte einen wüsten Fluch. Ausgerechnet dann, wenn das Rudel ihr Können am dringendsten brauchte. Abgesehen davon hätte Tyler im Augenblick Lance' beruhigende Gegenwart gut getan. Verdammt, er könnte selbst mal eine Reise gebrauchen – und eine Gefährtin, um die Auszeit mit ihr zu genießen.

Irritiert schüttelte er den Kopf. Es brachte nichts, sich etwas zu wünschen, das er nicht haben konnte. Ein Alpha führte an, und zwar allein.

Frostig und barsch wandte er sich an Cody. Genauso erteilte auch sein Vater Befehle. „Schick die Späher los. Verdopple die Patrouillen."

Als Cody nickte und das Ratsgebäude verließ, merkte sich Tyler vor, die Gründlichkeit seines Bruders nach dem Ende der Besprechung sicherheitshalber zu überprüfen. Bei Cody konnte man nämlich nie wissen.

Als sich die Tür öffnete, fiel ein dicker Sonnenstrahl herein, der den knorrigen Kiefernholzboden erhellte. Kurz ließ Tyler den Blick umherwandern, dann räusperte er sich.

„Wir halten uns gegenseitig auf dem Laufenden", brummte er und entließ Atsa, indem er nickte und die Augen niederschlug.

Tylers Vater hätte sich die Geste gespart. Als Alpha des Twin Moon Rudels und Gastgeber des Treffens musste Tyler dem alten Atsa kein solches zusätzliches Zeichen seines Respekts entgegenbringen. Aber der Kojote war so alt wie die Hügel, und Tante Milly hatte Tyler Achtung vor dieser Generation gelehrt. Er musste zugeben, dass der Mann auch eine gewisse Faszination auf ihn ausübte. Vor allem Atsas innere Ruhe, das völlige Gegenteil der aufbrausenden Art seines Vaters.

Er spürte, wie Atsa ihn musterte, und fragte sich, ob der alte Kojote ihn als neuen Alpha des Twin Moon Rudels akzeptierte. Natürlich hatte offiziell noch sein Vater das Sagen, aber jeder wusste, dass die Machtübergabe bereits begonnen hatte.

Atsa nickte kryptisch und trat den Weg nach draußen zu seinem Truck an. In vierzig Minuten würde der alte Kauz wieder in seinem Revier westlich der Ranch sein. Südlich ihres Territoriums lag die Seymour Ranch, deren menschliche Besitzer nichts von den besonderen Fähigkeiten ihrer Nachbarn ahnten. Der nördliche Rand des Wolfsgebiets ging in unbeanspruchtes Hügelland über, das niemand wollte. Im Osten begrenzte der Highway ihr Reich. Ärger in Form von Abtrünnigen konnte aus jeder Richtung kommen, und das Rudel musste alle beschützen. Auch die Menschen. Wenn die Abtrünnigen Opfer unter Außenstehenden hinterließen, würde es Untersuchungen und unerwünschte Aufmerksamkeit geben.

Er ignorierte Tinas gehüstelten Wink. Die anderen im Ratsgebäude Versammelten sollten ruhig warten, bis er bereit war, sie zu entlassen.

Als die Kojoten davonfuhren, schüttelte Tyler den Kopf. Hatte er sich wirklich nach einer Herausforderung gesehnt? Nun hatte er eine – Ärger an zwei Fronten.

Sein Blick wanderte in Richtung des Gästehauses. Einen schlechteren Zeitpunkt hätte es nicht dafür geben können.

Kapitel 4

Aromen und Geräusche erfüllten den Speisesaal. Der Duft von gebratenem Schinken mit leichter Honignote, der zuckerähnliche Geruch von Süßkartoffeln, Stimmengewirr. Tyler hörte – und schmeckte – jedoch nur gedämpfte Töne und geflüsterte Warnungen. Das gemeinsame Abendessen fand zweimal wöchentlich auf der Ranch statt. Für ihn bot es die Gelegenheit, sich diskret mit seinen vertrautesten Männern zu treffen. Tyler wollte, dass sie sich auf das Schlimmste vorbereiteten und gleichzeitig die Neuigkeit über die Abtrünnigen geheim hielten. Es brachte nichts, die anderen zu beunruhigen.

Noch nicht.

Um ihn herum plapperten Stimmen und klirrten Teller. Die meisten der über hundert direkt auf der Ranch lebenden Gestaltwandler hielten sich im Speisesaal auf, außerdem einige von abgelegeneren Bereichen des Ranchgebiets. Zum Beispiel Kyle, ein ehemaliger Polizist, der zum Gestaltwandler geworden war und sich gerade dem Haupttisch näherte. Kyle war das neueste Mitglied des Rudels und hatte sich noch nicht richtig eingelebt. Tyler war sich nicht sicher, ob es ihm überhaupt je gelingen würde. Man merkte es am Zucken seiner Augen und an der ständig verbissen wirkenden Kieferpartie. Ohne Tinas Schwäche für Ausgestoßene wäre ein wandelndes Pulverfass wie Kyle nie in das Rudel aufgenommen worden. Aber es hatte sich als richtig erwiesen, dass Tina sich für ihn eingesetzt hatte. Kyle hatte keinerlei Ärger verursacht. Außer vielleicht, dass er für eifersüchtige Rivalitäten unter den Frauen sorgte. Dafür hatte er sich schon des Öfteren als wertvoll erwiesen, indem er Insiderinformationen von Strafverfolgungsbehörden des Staats lieferte.

„Du hast gar nichts?", fragte Tyler mit leiser Stimme.

Obwohl ohnehin niemand wagte, nah genug bei ihm zu sitzen, um ihn zu belauschen... zumindest nicht ohne Einladung. Nur Tina, die ihre Schale mit Gemüse in seine Richtung neigte, ein weiterer Wink. Obwohl sie jünger war als er, hatte sie schon vor geraumer Zeit angefangen, ihn zu bemuttern.

Kyle schüttelte verbittert den Kopf. Der Mann hasste Versagen fast genauso sehr wie Tyler.

„Nichts zum Festnageln der Abtr..." Abrupt verstummte Kyle. Vielleicht, weil ihm der Gedanke gekommen war, dass er selbst beinah ein Abtrünniger geworden wäre. Er sah sich um, dann beugte er sich näher. „Noch nicht."

Tyler fluchte, dann entließ er Kyle mit einer knappen Geste.

Vielleicht ein bisschen zu knapp. Er bemerkte, wie Kyle die Schultern leicht hängen ließ, während seine Kieferpartie noch angespannter als sonst wurde. Eine Reaktion, die er schon tausendmal gesehen hatte, wenn sich Rudelmitglieder von seinem Vater abwandten. Seine Schultern versteiften sich. Wollte er wirklich genauso sein?

„Bleib einfach dran", fügte er in sanfterem Ton als zuvor hinzu. Seine Version von sanft lag zwar immer noch auf der ruppigen Seite, aber verdammt, zumindest gab er sich Mühe.

Kyles Wange zuckte – näher kamen sie beide einem Lächeln nie –, dann wandte er sich ab und ging.

Tyler blickte nach unten, entdeckte nur noch Krümel auf seinem Teller und versuchte, sich ins Gedächtnis zu rufen, was er gerade als Abendessen in sich hineingeschaufelt hatte. Er konnte sich kaum daran erinnern, überhaupt gegessen zu haben. Tja, Abtrünnige hin, Abtrünnige her, davon würde er sich nicht den Nachtisch vermiesen lassen. Nicht, wenn Key Lime Pie auf der Speisekarte stand. Er stemmte sich am Tisch hoch und durchquerte den Raum, ohne darauf zu achten, wie ihm die Rudelmitglieder hastig aus dem Weg gingen.

Cody stand bereits am Desserttisch und nahm sich eine doppelte Portion, während er mit jemandem neben ihm scherzte.

„Hast du keine Angst, dick zu werden?"

Tyler versteifte den Körper, als er sah, dass es Lana war, die darauf wartete, dass sie an die Reihe kam. Sie rümpfte die Nase über Codys Kommentar.

„Du bist doch der mit zwei Portionen."

Ganz schön frech. Wahrscheinlich würde sie allein durch ihr Zappeln am Tisch locker tausend Kalorien verbrennen.

Als er Tylers Anwesenheit spürte, erstarrte Cody, schnappte sich die nächstbeste Frau und legte einen schnellen Abgang hin. „Beth, Süße! Siehst du dir heute Abend den Film an?"

Lana sah ihnen mit belustigter Miene hinterher. Ihr Lächeln verpuffte in dem Moment, als sie Tyler bemerkte.

„Hi", murmelte sie und sah ihm in die Augen.

Die blauen Schattierungen ihrer Netzhäute wirkten so vielfältig und lebendig, Tyler hätte schwören können, dass sie wirbelten und sich veränderten, während er sie betrachtete.

„Hi", sagte er. Na ja, zumindest versuchte er es. Seine Lippen bewegten sich, aber es drang kein Ton aus seinem Mund. Er hatte Mühe, sich daran zu erinnern, wo er war und warum.

Richtig, Nachtisch. Er griff im selben Moment wie Lana nach einem Stück Kuchen. Ihrer beider Hände erstarrten auf halbem Weg zum Tablett mit dem Key Lime Pie. Das letzte Stück.

„Cody!" Tyler rutschte ein leiser Fluch heraus.

Lana zog sich zurück. „Nimm du es."

„Nein, du."

Sie verengte die Augen zu Schlitzen. Mist. Er wollte nicht, dass es im Befehlston aus ihm herausdrang, aber sie knirschte bereits mit den Zähnen.

„Nein, du", presste sie heraus.

„Ich will ihn nicht." Als er versuchte, die Schärfe aus seinem Ton zu nehmen, musste er feststellen, dass er hoffnungslos aus der Übung war.

Lana musterte ihn so eindringlich, dass ihn das Gefühl beschlich, sie könnte seine Kindheitserinnerungen sehen. Ihre Nasenflügel blähten sich. Er beobachtete, wie sie Luft holte und den Atem anhielt. Schließlich atmete sie langsam aus, wandte sich dem Tablett zu und hob das letzte Stück des Kuchens auf den letzten freien Teller. Mit einer Gabel teilte sie es grob in zwei Hälften und hielt den Teller mit eiserner Entschlossenheit zwischen sie beide.

„Wir teilen", entschied sie mit knurrendem Unterton.

Der Alpha in ihm sträubte sich dagegen und bewunderte zugleich ihren Mumm. Der Wolf leckte sich über die Lippen – und nicht wegen des Kuchens.

Ihre Augen flackerten und konzentrierten sich auf etwas in seinen. Tyler bemerkte in ihren Augen einen grünen Außenrand, der ihm zuvor entgangen war. Wie Schaum, der Wellenkämme krönte.

„Hat es heute Ärger gegeben?", fragte sie mit leiser Stimme.

Ärger? Also hatte sie das Treffen mitbekommen.

„Kein Ärger", erwiderte er ein wenig zu schnell.

Sie schnaubte. „Ich mache das auch."

„Was machst du?"

„Mich verstellen."

Tyler blinzelte. „Ich verstelle mich nicht."

„Dann sag mir, welchen Ärger es gibt." Sie nahm einen Bissen von dem Kuchen und leckte sich einen Klecks Sahne von den Lippen.

Tyler stockte der Atem, und von seinen Lippen drang ein Wort, bevor er es zurückhalten konnte. „Abtrünnige."

Ihre Züge verhärteten sich, als irgendeine düstere Erinnerung über ihre Züge huschte. „Bestätigte Meldung?"

„Noch nicht, aber..."

Sie nickte und bohrte nicht nach. Mit einer beiläufigen Bewegung streifte ihr rechter Arm kurz den linken und schob den Ärmel hoch. Eine üble Narbe kam zum Vorschein.

„Ärger?", murmelte er, den Blick auf die Narbe geheftet. Damit einer Gestaltwandlerin eine Narbe blieb, musste es eine schwere Verletzung gewesen sein.

Sie zupfte den Ärmel runter. „Kein Ärger."

Ich mache das auch, hätte Tyler gern gesagt. *Mich verstellen.* In seinem Bauch breitete sich warm ein Gefühl aus, das seltsamerweise ausgerechnet an Stolz erinnerte. Diese Ostküstenwölfin war nicht nur ganz schön frech, sondern auch taff.

Lana zuckte mit den Schultern und hob die Gabel an den Mund. „Du solltest mal den Abtrünnigen sehen, der mir die Narbe verpasst hat. Geht nur nicht mehr, weil er so tot wie seine Kumpels ist." Geradezu rachsüchtig nahm sie einen Bissen.

Tyler fragte sich, wie viele Abtrünnige Lana gegenübergestanden hatten. Er wollte sich gerade danach erkundigen, als sich eine Stimme mit der Wucht eines Vorschlaghammers zwischen sie drängte.

„Tyler! Tyler!" Er spürte, wie sich ein weicher Arm bei ihm einhängte, und kämpfte gegen den Instinkt an, sich loszureißen. „Tyler, ich hab dich vermisst", murmelte Audrey. Ihre Zunge berührte dabei fast sein Ohr.

Er streckte einen Ellbogen aus und versuchte, sich der üppigen Brüste zu erwehren. Die künstliche Blondine drehte sich Lana zu und bedachte sie mit einem raubtierhaften Lächeln.

„Willst du uns nicht vorstellen, Tyler?"

Verzweifelt sah er sich im Speisesaal um. Wo steckte Cody, wenn man ihn brauchte?

„Audrey, das ist Lana", murmelte er und suchte nach einem Ausweg.

„Hmpf", brummte Audrey zur Begrüßung. „Du wirst noch fett, wenn du den ganzen Kuchen isst."

Tyler merkte Lana an, dass sie darauf brannte, etwas zu erwidern. Aber sie schluckte es zusammen mit einem weiteren Bissen des Kuchens hinunter. Er musste Audrey abwimmeln, und zwar fix. Was, wenn Lana dächte, er würde tatsächlich auf Audreys Typ stehen?

Er feuerte einen gedanklichen Befehl quer durch den Raum ab. *Cody, schwing den Hintern sofort wieder hierher!*

„Bleibst du lange?", wollte Audrey von Lana wissen. Sofort horchte Tyler auf.

„Nur ein paar Tage."

Warum die Eile?

„Sehen wir dich später noch?", fragte Audrey. „Weißt du, es ist Filmabend." Sie schmiegte sich näher an Tyler und warf ihm einen Schlafzimmerblick zu, als könnte sie es kaum erwarten, dass die Lichter ausgingen. „Du kommst doch, Tyler, oder?"

Er schüttelte den Kopf. „Arbeit." Gott sei Dank.

„Weißt du, wir haben unser eigenes kleines Kino", prahlte Audrey vor Lana. „Die Jungs haben die alte Scheune umgebaut."

„Schön." Lana nickte. „Aber mir ist der freie Himmel lieber."

Sein Wolf spitzte die Ohren. Ihm gefiel, was er hörte.

„Also kommst du nicht?" Audrey klang alles andere als enttäuscht. „Schade. Du könntest dich mit so viel Popcorn vollstopfen, wie du willst."

Lana wich der Spitze aus. „Ich muss laufen."

Gott, ich könnte auch einen Lauf vertragen.

„Bist du sicher, dass es ungefährlich ist?", fragte Audrey und schaute dabei drein, als hoffte sie, dass es sogar sehr gefährlich wäre.

Tyler zuckte mit den Schultern und versuchte, sich von Audreys Arm zu befreien. „Bleib einfach auf dem Gelände."

Lana nickte und setzte den Ansatz eines Lächelns auf. Tyler juckte es danach, die Hand auszustrecken und den Rest aus ihr herauszukitzeln. Stattdessen hielt er beide Hände zu Fäusten geballt an den Seiten.

Endlich traf die Kavallerie ein – in Gestalt von Cody mit einem strahlenden Grinsen.

„Audrey! Wie geht's meinem Mädel?", sagte er und bückte sich, um Audrey einen Schmatz auf die Wange zu hauchen.

Sie bedachte ihn mit einem halbherzigen Kuss. „Einem deiner Mädel, meinst du wohl."

„Das Leben ist kurz, Süße." Mit einem Zwinkern, das an Tyler, Lana oder auch ganz Hollywood gerichtet sein konnte, führte Cody die Blondine mit tänzelnden Schritten weg und murmelte dabei etwas von Sitzen in der hintersten Reihe des Kinos.

Kaum waren sie aus Tylers Augenwinkel verschwunden, gab es sie nicht mehr, zumindest nicht für ihn. Der Raum fing zu summen und zu pulsieren an. Seine Sicht verengte sich zu einem Tunnelblick, der alles außer Lana aussperrte. Ihre Augen zogen ihn geradezu magisch an und brachten sein Herz tief und laut zum Schlagen. Oder war es ihr Herz? Sie befanden sich nur Zentimeter voneinander entfernt. Die Luft um sie herum flimmerte wie die Mittagshitze in der Wüste. Als sich Lana näher heranbeugte, winselte sein Wolf. Was gäbe er nicht dafür, um sie zu kreisen, sich an ihrer Seite zu reiben...

„Tyler!"

Plötzlich drangen ihm wieder ein Stimmengewirr und das Klirren von Geschirr in die Ohren. Kyle steuerte auf ihn zu, und der Raum kehrte in sein Bewusstsein zurück.

„Tyler, wegen der Patrouillen..."

Halb benommen bekam er mit, wie Lana ihm den Dessertteller in die Hand drückte und sich davonstahl. Zu spät griff er nach ihr. Seine Hand fasste ins Leere, bevor sie sich wieder zur Faust ballte. Sehnsucht pulsierte bei jedem ihrer Schritte durch seinen Körper, und er wünschte, ihre Blicke würden sich noch einmal begegnen. Danach verging er sich so sehr wie früher einmal nach der Freiheit, selbst über sein Schicksal bestimmen zu können.

Allerdings hatte ihm das Schicksal gerade den Rücken zugekehrt und ging davon.

Aber als er die Hoffnung schon fahren lassen und sich auf Kyle konzentrieren wollte, drehte sich Lana um und fixierte ihn mit festem Blick.

Ein Anflug von Wärme durchflutete ihn, und ohne nachzudenken, steckte er sich die Gabel in den Mund und leckte am Key Lime Pie vorbei zum letzten verbliebenen Hauch von Lana. Dann wandte sie sich ab, und er verbrachte die nächste halbe Stunde wie berauscht.

Sie hatte die Anziehungskraft auch gespürt. Was nur eines bedeuten konnte.

Ärger. Jede Menge Ärger.

Kapitel 5

Die Wüste lag dunkel und einladend da. Eine perfekte Nacht zum Laufen. Lana zog sich aus, dann verwandelte sie sich vor dem Gästehaus, weil sie den Auslauf dringend brauchte. Sie musste dem Gefühl entkommen, dass hinter jeder Ecke Kummer lauerte.

Weißer Flaum von Schwarz-Pappeln klebte an ihrem Fell und kitzelte sie in der Nase, als sie immer höher und weiter in die Hügellandschaft rannte. Sie platschte durch einen Bach und trabte den Hang einer Schlucht hinauf, dann blieb sie stehen, um das Fell auszuschütteln. Es wurde ein herzhaftes Schütteln des gesamten Körpers, das an der Schnauze begann und sich bis zur Schwanzspitze fortsetzte. Was Yoga für ihren menschlichen Körper war, bewirkte ein solches Schütteln für ihre Wölfin.

Vor ihrer Ankunft in Arizona hatte sie sich noch nie so neben der Spur gefühlt. Genauer gesagt, seit sie Tyler begegnet war. Von dem Summen, das sie im Speisesaal in den Ohren hatte, war nur noch ein Echo übrig, trotzdem empfand sie es als zu laut, um es zu ignorieren. Jahrelang hatte sie ihre Emotionen gebändigt, nun jedoch verlor sie die Kontrolle – ein Gefühl, das ihre Wölfin so sehr begrüßte, wie ihre menschliche Seite es fürchtete.

Ihre Gedanken rotierten, ihr Herz pochte wild. Sie fühlte sich lebendig, als wäre sie aus zehnjährigem Schlaf erwacht. Lange war das Einzige, wofür sie Leidenschaft aufbringen konnte, ihre Arbeit, und sie hatte sich darauf gestürzt. War sogar völlig darin aufgegangen. Bisher war sie zu abgestumpft für das Gefühl gewesen, etwas verpasst zu haben.

Aber auf einmal wollte sie mehr. Leben. Liebe. Leidenschaft.

Alles! rief ihre Wölfin.

Es spielte keine Rolle, dass im menschlichen Teil ihres Verstandes die Alarmglocken schrillten und warnend behaupteten, die Wüste würde wieder ihre Spielchen mit ihr treiben. Dasselbe Aufflackern von Hoffnung hatte sie bei ihrem ersten Besuch in Arizona empfunden und musste danach mit gebrochenem Herzen abreisen. Aber da sich Hoffnung besser anfühlte als Verzweiflung, überließ sie ihrer Wölfin die Zügel.

Liebe! Leben! rief ihre Wölfin.

Sie rannte zur Kuppe einer Anhöhe hinauf und genoss die Kraft in ihren Beinen. Im Osten pulsierten parallele Lichtbänder aus Rot und Weiß – der Highway. Im Vordergrund schimmerten die gedämpften Lichter der Ranch, halb versteckt hinter Schrägdächern. Sie sichtete Millys niedriges Doppelhaus. Die linke Hälfte bewohnte derzeit Lanas Großmutter. Alles lag ruhig, ordentlich und scheinbar sicher da, doch unterschwellig lag ein Gefühl von Gefahr um die Ränder der Ranch in der Luft.

Ihr Blick schwenkte zu einem etwas abgelegenen Haus, einem L-förmigen Lehmziegelbau mit breiten Fenstern und langen, schmalen Oberlichtern. Glühbirnenlicht strahlte zwischen dicken Dachbalken hervor und schimmerte gelblich vor der Indigoschattierung der Nacht. Die Lage des Hauses am äußersten Rand des Grundstücks ließ vermuten, es könnte sich erheben und in die Wüste davonlaufen, wäre es nicht von einem Zickzackzaun umgeben.

Wer lebt dort, so weit weg vom Rest? fragte sich ihre Wölfin.

Jemand im Inneren rührte sich, und – *klick* – die Lichter gingen aus. Lana legte den Kopf schief und fragte sich, wer es sein mochte.

Dann setzte sie sich wieder in Bewegung. Ihre vier Pfoten scharrten im gleichmäßigen Rhythmus ihres Herzschlags über den felsigen Untergrund. Auf der nächsten Hügelkuppe hielt sie an, schwenkte den Kopf nach Westen und schnupperte. Sie schnappte etwas Vertrautes auf. Verboten und unheimlich verlockend. Sie schnupperte erneut, konnte jedoch nicht einordnen, warum gerade dieser Ort, diese felsige Erhebung neben einem Beet stacheliger Wüstenblumen sie so ansprach. Langsam drehte sie sich im Kreis und genoss die majestätische Aussicht.

Ich kenne diesen Duft, hauchte ihre Wölfin.

Der Geruch, der Ort, die Erinnerungen fluteten ihre Sinne.

Das würzige Kitzeln von Salbei, das rauchige Aroma von Mesquiten, der Duft von Platanen. Wie von einem nächtlichen Vorhang wurde alles von einem subtileren Geruch umhüllt, einzigartig und individuell. Kiefernartig, beinah maskulin.

Lana hielt inne, schnüffelte abermals, ließ ihre Nase die Schichten in der Luft eine nach der anderen durchgehen, bis sie zu deren Essenz durchgedrungen war – dann erstarrte sie mit einer Erkenntnis. Konnte es wirklich sein?

Sie schwankte leicht. Der Geruch, der sie in den Wahnsinn trieb, der sie all die Jahre begleitet hatte – es war nicht der Duft der Wüste.

Es ist Tyler! brummte ihre Wölfin.

Er war es, der sie in den Wahnsinn trieb. Er, der ihre Leidenschaft weckte.

Aber wie konnte das sein? Sie durchforstete ihr Gedächtnis nach Erinnerungen an ihren ersten, Jahre zurückliegenden Besuch in Arizona. Irgendwie hatte sie Tyler damals verpasst, war ihm nicht begegnet.

Vielleicht war er fort, schlug ihre Wölfin vor.

Aber auf die eine oder andere Weise hatte sie seinen Geruch aufgeschnappt. Zu dem Zeitpunkt hatte sie den berauschenden Duft einer Tücke der Wüste zugeschrieben, keiner Person. Aber sie hatte sich geirrt. Es war sein Geruch.

Aus irgendeinem Grund hatte das Schicksal vor all den Jahren keine Lust gehabt, jenes Versprechen einzulösen. Lana hatte nur einen winzigen Hinweis erhalten. Und doch hatte das gereicht. In sämtlichen dunklen Augenblicken der vergangenen zwölf Jahre hatte sie sich mit Gedanken an die Wüste aufgemuntert: offene Weiten, Freiheit, Möglichkeiten. Und dieses verrückte Gefühl der Zugehörigkeit.

Kein Wunder, dass rote Mesas und weite, offene Flächen ihre Träume erfüllten, nicht die tiefgrünen Wälder ihrer Heimat. Kein Wunder, dass die trockene Wüstenluft ihre Kehle beruhigte, statt sie rau werden zu lassen. Kein Wunder, dass sie noch nie zuvor einen Mann getroffen hatte, der ihr Interesse erwecken konnte. Ohne es zu wissen, hatte sie auf Tyler gewartet.

Tyler. Mein vom Schicksal auserkorener Gefährte, jauchzte ihre Wölfin.

Je länger sie die Aussicht von dieser Mesa hoch über der Ranch auf sich wirken ließ und einatmete, desto mehr Sinn ergab es. Wenn ein Gestaltwandler reifer wurde, dann vollzog sich dasselbe mit seinem Geruch. Aber das bedeutete nicht, dass sich die Essenz veränderte. Es war, als würde man sich ein Babyfoto ansehen – die Verbindung erschien so offensichtlich, sobald man die weichen Züge des Kleinkinds mit den härteren des Erwachsenen verknüpfte.

Das hatten ihre Instinkte ihr die ganze Zeit zu sagen versucht. Tyler war ihr vom Schicksal vorherbestimmter Gefährte!

Tief in den hinteren Nischen ihres Geists warnte eine Stimme sie, dass es wesentlich komplizierter war, als es zu sein schien. Aber im Augenblick war sie in ihrer Wolfsgestalt, und Wölfe neigten dazu, Dinge zu vereinfachen.

Er gehört uns, und wir gehören ihm!

Lana senkte die Nase zur kühlen Erde und schnupperte. Erfreut schnappte sie weitere Spuren von Tyler auf. Er hatte hier Zeit verbracht. Viel Zeit. Sein Duft war überall und wirkte auf sie wie eine Droge. Sie rollte sich auf den Rücken, wand sich hin und her, wälzte sich darin, damit er ihr noch länger Gesellschaft leistete. Einmal vor Jahren hatte sie ein ähnliches Gefühl von etwas Wunderbarem knapp außerhalb ihrer Reichweite gehabt. Nun gab es nur sie, die Sterne und denselben verzauberten Ort. Einen Moment lang gab sie sich allem hin und schöpfte Hoffnung.

Hoffnung? Der menschliche Teil ihres Verstands fragte sich, ob sie es wirklich wagen sollte.

Tyler schaltete das Licht in seinem Haus aus, ging nach draußen und verwandelte sich. Wenn sein Körper es am dringendsten brauchte, empfand er den Vorgang eher erregend als schmerzhaft. Wenn er die Verwandlung erzwang, konnte es eine Qual sein, wie sich die Knorpel dehnten und die Knochen neu ausrichteten. In dieser Nacht vollzog sich die Veränderung von einem Körper zum anderen so nahtlos, dass er es kaum bemerkte. Gleich darauf schüttelte sich sein Wolf zur Eingewöhnung, bevor er mit pochenden Schritten losrannte.

Tagsüber schlummerte die Wüste, nachts hingegen pulsierte sie vor Leben. Kakteen atmeten und ließen Blüten aus ihren Areolen sprießen. Vögel und Hasen huschten von Deckung zu Deckung. Sogar die Hügel selbst schienen erwacht zu sein. Tyler ließ alles mit jedem müden Atemzug auf sich wirken. Er kannte jedes Büschel und jeden Stein, und doch herrschte in der Wüste jede Nacht eine andere Stimmung. Es gab immer etwas Verborgenes, etwas Unerwartetes.

Ein ausgiebiger Lauf war genau, was er nach einem höllischen Tag brauchte. Nachdem er erledigt hatte, so viel er an dem Abend konnte, hatte er noch den Jeep ausgeräumt und dabei einen abgerissenen Kofferanhänger entdeckt. Von Lana. Tyler hatte daran geschnuppert, ihn in den Händen gedreht und erneut geschnüffelt. Selbst diesen kleinen Hinweis auf sie empfand er als berauschend. Dann las er den vollständigen Namen und die Adresse und erstarrte.

Dixon. Lana Dixon. Aus den Berkshire Mountains, hatte Tante Milly gesagt, wie ihm einfiel.

Heilige Scheiße.

Die halbe Wüste schien sich im Moment der Erkenntnis in seinem Hals zu verkeilen. Tante Milly konnte doch nicht so dreist gewesen sein, eine *jener* Dixons hierher einzuladen, oder? Er erinnerte sich daran, wie sein Vater den Namen verflucht hatte. Sollte je ein Dixon versuchen, auch nur einen Fuß auf sein Land zu setzen, so wollte er den Mann – oder die Frau – umbringen. Seine Stimme hatte dabei gezittert, und er hatte jedes Wort mit einem nachdrücklichen Fingerzeig betont.

Lana war eine Dixon? Hier? Es kam blanken Wahnsinn gleich. Sein Vater würde ausrasten.

Nur war sein Vater natürlich nicht zu Hause... noch nicht. In einer Woche würde er zurück sein. Bei dem Gedanken zuckte Tylers Kiefermuskulatur. Warum sollte Milly gegen die Anweisungen seines Vaters handeln? Und wusste Lana überhaupt von der Geschichte zwischen ihren Familien?

Nein, entschied er. Sonst hätte sie die Ranch nie und nimmer mit einer so unschuldigen, ahnungslosen Ausstrahlung betreten.

Er musste laufen und nachdenken. Zu viele Vulkane brodelten gleichzeitig und drohten, alle auf einmal auszubrechen. Die Abtrünnigen. Lana und die erschütternde Wirkung, die sie auf ihn hatte. Die Gefahr, in die sie ahnungslos gestolpert war. Das Hackfleisch, zu dem ihn sein Vater bei dessen Rückkehr verarbeiten würde.

Tyler schüttelte heftig die Schnauze. Eine Dixon war nach all den Jahren zurück. War es wirklich möglich?

Er beschrieb eine lange, anstrengende Schleife nach Westen, bevor er die Schritte auf gemächlichen Trab verlangsamte und nach Norden bog, um seinen besonderen Ort anzusteuern. Der Mond war noch nicht aufgegangen. Die Sterne funkelten in seiner Abwesenheit umso heller. Von Tylers Hügel aus wirkten Probleme kleiner. Er wusste, dass es eine Illusion war. Aber verdammt, er brauchte dringender denn je zuvor eine Auszeit.

Er trabte auf höheres Gelände, vorbei an den letzten Disteln und wuchernden Berberitzen, die sein persönliches Revier kennzeichneten, wo ihn niemand zu stören wagte. Und dort auf dem höchsten Punkt des Geländes blickte er nach Osten über das schlummernde Tal. Jeden Moment...

Da. Der aufgehende Mond. Der Kugel fehlten noch einige Tage, bis sie voll wäre, trotzdem präsentierte sie sich prall und groß. Tyler konnte spüren, wie die Kraft des Monds durch die Erde vibrierte, noch bevor die obere Krümmung ihren ersten verstohlenen Blick über den Horizont warf. Als der Rest folgte, legte das fahle Licht einen Schalter in ihm um. Sein Hinterteil plumpste auf den Boden. Gleichzeitig richtete er die Schnauze nach oben, und ein tiefer, grollender Ruf entrang sich seiner Kehle. Ansteigend, abfallend, auf und ab. Die Laute hallten von jeder Erhebung der Landschaft wider. Die Wüste war wie geschaffen zum Heulen, da sie Klänge verstärkte wie kein anderer Ort. Tyler könnte die ganze Nacht lang heulen und sich in einer bittersüßen Ballade verlieren.

Lana – Lana Dixon – befand sich auf der Ranch. So nah und doch so unmöglich weit weg. Sie glich der verbotenen Frucht, der Julia seines Romeos. Der Gedanke daran, was ihm verwehrt werden würde, gab ihm umso mehr Grund zum Heulen. Er neigte den Kopf weiter zurück und schüttete der Nacht sein Herz aus. Hoffnung, Verzweiflung, Sehnsucht, alles strömte in einem der Seele entstammenden Lied aus ihm heraus.

Allein. Er würde immer allein sein.

∞∞∞∞

Lana nahm den anderen Wolf als vages Gefühl wahr, noch bevor sie die gemessenen Atemzüge eines Athleten hörte und die sicheren Schritte von jemandem, der sich in seinem Hoheitsgebiet befand. Als er sich näherte, schien ein Schauder durch die Landschaft zu gehen, und alles verstummte erwartungsvoll. Dann bewegte sich einer der Schatten, und ein Wolf tauchte aus der Dunkelheit auf. Er steuerte auf die höchste Felserhebung zu, einen Steinwurf entfernt. Lana kauerte sich hin und beobachtete. Sie hatte den Wind im Rücken, daher konnte er sie nicht wittern.

Er war der prächtigste Wolf, den sie je gesehen hatte. Groß. Einen Kopf größer als sie. Sein Fell wies einen mitternachtsdunklen Braunton auf wie starker, bitterer Kaffee – ohne Sahne, ohne Zucker, so konzentriert, dass man verrückt sein müsste, nur daran zu nippen, geschweige denn davon zu trinken.

Er ist es. Ihre Wölfin heulte in ihr auf. *Tyler.*

Der Mann wirkte in Wolfsgestalt genauso verwegen und grüblerisch wie auf zwei Beinen. Die raue Landschaft umrahmte die weiche Textur seines Fells, während er Macht wie eine Hitzewelle ausstrahlte. Und Frustration – haufenweise. Als Tyler den Kopf in den Nacken legte und heulte, setzte Lanas Herz einen Schlag aus. Dieser Bass klang wie die Stimme eines Gefangenen, der sich danach sehnt, auszubrechen. Tief, kläglich, an- und abschwellend, aber ohne Unterbrechung. Lana streckte sich in die Nachtluft, wollte sich an ihn schmiegen und die unerträgliche Einsamkeit lindern.

Lass mich rein. Ihre Wölfin winselte beinah. *Lass mich in deine Welt.*

In den nächsten langsamen Herzschlägen schien seine Stimme lauter zu werden und sich zu nähern. Mit einem Blinzeln erkannte sie, dass ihre Wölfin den Ruf aufgegriffen hatte und mit ihm ihre Seele in die Nacht ergoss. Der Mond riss es einfach aus ihr heraus.

Sie legte jede sehnsüchtige Minute der vergangenen Jahre in ihr Geheul und ließ es von den offenen Weiten dutzendfach verstärken. Tylers Stimme geriet ins Schwanken, als sich ihre erhob, dann verstummte er vollends. Sie wünschte sich so sehr, dass er die Kraft anerkennen würde, die sie beide wie ein Lasso zusammenzog, wieder und wieder.

Hier ist das Schicksal am Werk, sagte ihre Wölfin. *Merkt er das nicht?*

Angestrengt achtete sie auf irgendein Zeichen, doch Tyler antwortete nicht. Sie heulte, bis ihre Stimme bei einem letzten, anhaltenden Ton brüchig wurde. Dann ließ sie den Kopf sinken, als Stille um sie herum Einzug hielt. Vielleicht spielte ihr das Schicksal diesmal einen noch grausameren Streich und schenkte ihr einen Mann, der ihre Liebe nicht erwiderte. Lana zählte erst einen hohlen Herzschlag, dann noch einen. Sie spürte, wie die Hoffnung schwand. Ein Steppenläufer kullerte vorbei. Vielleicht hetzte auch er einem zögerlichen Gefährten hinterher.

In dem Moment fing Tyler wieder an. Lana hätte bei dem Geräusch weinen können, halb vor Freude, halb vor Kummer. Sie stimmte in seinen nächsten Refrain ein. Hoffnung schwoll in ihr an, als ihre Stimmen miteinander verschmolzen. Der Klang bildete eine Brücke, und sie hätte schwören können, dass sie sein Herz in ihrer Brust schlagen spürte, während ihre Stimmen hoch emporstiegen und weit davongetragen wurden. Ihr Duett glich einer Serenade, einer Beschwörung, um den Mond höher aufsteigen zu lassen, damit er die Dunkelheit erhellte und ihnen den Weg zeigte.

Jedes Lebewesen hielt inne und lauschte ehrfürchtig schweigend. Sogar der Mond schien die Ohren zu spitzen. Sie schlugen einen perfekten Akkord an, und Lana hielt ihn so lange und atemlos, dass sie nicht bemerkte, wie Tyler aufhörte. Dann herrschte Stille in der Nacht, abgesehen von seinen Schritten, die sich näherten.

Lana holte scharf Luft und kämpfte zitternd gegen den Instinkt an, den Kopf unterwürfig zu senken. In dieser Nacht war er nicht der Alpha des Rudels. Sondern ihr Gefährte.

Worauf du deinen Hintern verwetten kannst, pflichtete ihre Wölfin ihr knurrend bei und fegte jegliches Zögern ihrer menschlichen Seite weg.

Gott, war er groß. Imposant. Stolz. Seine strahlenden Augen verrieten Überraschung über das Weibchen, das sich weigerte, zurückzuweichen. Sie zwang ihren Schwanz, gerade wie eine Fahnenstange emporzuragen, statt ihn zwischen den Hinterbeinen hängen zu lassen. Wenn sie Gefährten werden sollten, dann auf Augenhöhe. Sie hob das Kinn, als er einen halben Schritt entfernt stehen blieb. Sein leiser Atemhauch war die einzige Regung in der klaren Nachtluft.

Als seine Schnauze schnuppernd nach links wanderte, ahmte sie die Bewegung spiegelverkehrt nach. Wenn er nach rechts schwenkte, verharrte sie in der Mitte. Sollte er sie ruhig betrachten, so viel er wollte. Sollte er ruhig näher kommen. Sollte er sie ruhig berühren.

Als hätte Tyler die stumme Einladung gehört, trat er vor und drehte eine langsame Runde um ihren Körper. Seine Nase folgte einer unsichtbaren Grenze über ihren Rücken, bevor er sie durchbrach und ihrer Seite entlangstrich. Bei der ersten Berührung ging ein Knistern durch ihr Fell, und ihr Blut geriet in Wallung.

Mein! Gefährte!

Das wusste er doch bestimmt auch, oder?

Ihr Herz pochte wild, als sie sich näher an ihn lehnte, sich vorbei an den äußeren Spitzen seines Fells drückte, um die Wärme darunter zu spüren. Er strich langsam an ihrer linken Seite entlang und an ihrem Gesicht vorüber. Dann fuhr er mit der Unterseite des Kinns über ihren Nacken, für Wölfe der ultimative Vertrauensbeweis. So sehr Lana versucht war, sich auf den Rücken zu rollen und ihm ihren Bauch zu entblößen, sie blieb standhaft auf allen vier Füßen. Die Tochter eines Alphas konnte sich behaupten, auch wenn sie dafür ein inneres Beben verbergen musste.

Sieh mich an, mein Gefährte. Sieh dir an, was wir beide vermisst haben, brummte ihre innere Wölfin.

Lana begann einen eigenen langsamen Tanz, ließ die Schnauze über seinen Hals und seine Schulter wandern, bis sie ineinander verschlungen waren. Solche Wärme hatte sie noch nie zuvor gespürt – eine Wärme, bei der sie sich unwillkürlich tausend flackernde Kerzen vorstellte, die in unregelmäßigen Reihen angeordnet die Hügel in eine Kultstätte verwandelten. An einem Ort wie diesem konnte selbst die abgestumpfteste Seele zum Glauben finden.

Als Tyler wieder um sie kreiste, wurde das innere Pochen eindringlicher. Er hielt an ihrem Hinterteil inne. Diesmal senkte sie die Hüften, ein kaum verhohlener Wink. Sie war bereit für ihren Gefährten. Verging sich nach ihm. Mit einem leisen Winseln verlieh sie ihrem Bedürfnis Ausdruck. Tyler antwortete darauf mit einem Grollen tief aus seiner Brust, das lauter wurde, als er sie erneut umkreiste und sich an sie schmiegte, bis sie sich von Antlitz zu Antlitz gegenüberstanden. Dann wiederholte er den Vorgang mehrfach – eine Geste, die eher zu einem einfühlsamen Liebhaber passte als zu einem mächtigen Wolf, der sich nahm, was er wollte, und zwar so hart und schnell, wie er wollte. Es war Lana, die es eilig hatte und drängte.

Eigentlich wollte sie nur ermunternd kläffen. Stattdessen drang ein weiteres tiefempfundenes Geheul aus ihr, das den Mond anflehte, Tyler die Augen für die Wahrheit zu öffnen. Ein Gewicht drückte seitlich gegen sie – Tyler. Auch er heulte und unterlagerte ihre Stimme mit seinen tieferen Harmonien. Sie konnte sich gut vorstellen, noch tausend monderhellte Nächte genauso zu verbringen. Dabei würden sie erst die Stimmen ineinander verschlingen, danach würden die Körper folgen.

Zuhause, beharrte ihre Wölfin. *Das kann ein Zuhause werden. Er kann ein Zuhause werden.*

Jedes Lebewesen in der Wüste hielt inne und lauschte ihrem Gesang andächtig schweigend. Aber als sie einen perfekten Akkord anstimmten, brach Tylers Stimme mittendrin abrupt ab.

Tödliche Stille breitete sich erstickend über die Hügel aus. Lanas Kopf wirbelte nach links, um Tyler zu betrachten. Schlagartig hatte sich ihr Gefährte von einem Sänger in einen soliden Felsblock verwandelt. Sein Fell sträubte sich vom Nacken bis zum Schwanz wegen etwas – oder jemandem – in den Schatten.

Lana versuchte, in der Dunkelheit etwas auszumachen, während sich eine Mischung verschiedenster Gefühle durch ihre Adern ausbreitete. Im Vordergrund stand Wut – auf den Störenfried, der ihre Serenade unterbrochen und ihren Gefährten wieder in einen Alpha verwandelt hatte, in den Beschützer seines Rudels. An zweiter Stelle folgte Ehrfurcht, denn die Macht, die Tyler ausstrahlte, fühlte sich überwältigend an. Innerhalb eines Herzschlags war er vom zärtlichen Liebhaber zum König der Nacht geworden. Steif und groß stand er da. Nur seine geblähten Nasenflügel und sein gesträubtes Fell rührten sich.

Tyler schnupperte. Irgendetwas befand sich eindeutig in der Umgebung. Etwas Entferntes, kaum Wahrnehmbares wie die Druckfront an der Spitze eines Wüstensturms. Die Haare entlang ihrer Wirbelsäule richteten sich auf. Konnten es die Abtrünnigen sein?

Als sich Tyler in Bewegung setzte, tat sie es ihm gleich. Er machte einen Schritt nach Westen, schnupperte und schwenkte den Kopf mit einem leisen Knurren zu ihr herum.

Geh, besagte sein harter Blick.

Ihr besonderer Moment war vorbei, und er wollte sie aus dem Weg haben, damit er die Bedrohung jagen konnte, die in der Nacht lauerte.

Trotzig trat sie einen Schritt vor. Lana wollte sich nicht einschüchtern lassen. Sie würde ihm beistehen, statt sich zurückzuziehen. Sie würde an seiner Seite kämpfen. Sie würde...

Geh. Sofort. Dieser stählerne Blick war ein direkter Befehl von einem Alpha an eine Untergebene.

In dem Moment wollte alles in Lana ihn hassen. Stattdessen jedoch öffnete sich ihr Herz weiter für ihn. Wusste er denn nicht, dass er sich nicht jedem Feind allein stellen musste?

Sein Blick blieb starr auf sie gerichtet und lieferte ihr die Antwort. Für diesen Mann stand die Pflicht an erster Stelle, hatte Vorrang vor allem anderen.

Lana wollte zwar protestieren, aber ein Befehl eines Alphas kam einem Gesetz gleich. Sie hatte keine andere Wahl, als zu gehorchen. Trotzdem schmerzte es, beiseitegeschoben zu werden. Wie in den frustrierenden Tagen ihrer Kindheit, bevor sie sich das Recht verdient hatte, an der Seite ihrer Brüder zu kämpfen und für ihr Rudel einzutreten.

Aber das hier war nicht ihr Rudel. Sie wandte die Schultern ab. Und obwohl ihre Augen auf Tyler verweilen wollten, mussten sie sich dem Rückzug anschließen. Lana konnte praktisch hören, wie die Natterwurze kicherten. Würde dieser Alpha sie je als ebenbürtig respektieren? Oder würde er sie immer nur als hilflos und unterwürfig ansehen?

Hilflosigkeit kannte Lana nicht. Unterwürfigkeit konnte sie nicht ausstehen. Sie war selbst eine Kämpferin, eine Anführerin.

Ihre menschliche Seite bäumte sich gegen seine Ablehnung auf. Er wollte ihre Hilfe nicht. Tja, und einen solchen Gefährten wollte und brauchte sie nicht.

Ihre Wölfin jedoch heulte protestierend und sah ein Leben voll Bedauern vor sich, wenn sie nicht handelte.

Nein! Wir können ihn nicht kampflos aufgeben!

Noch vor wenigen Augenblicken waren sie einer großen Wahrheit so nah gewesen. Lana konnte es fühlen. Endlich erwachte ihr Herz wie ein Samenkorn, das auf die richtigen Bedingungen gewartet hatte, um zu keimen – und nun das?

Sie schüttelte ihr Fell so kräftig, dass alle bis auf die hartnäckigsten Kletten zurück ins Gestrüpp geschleudert wurden. Verdammt wollte sie sein, wenn sie ihrem Herzen nicht gäbe, was ihm zustand. Ihre stolpernden Schritte gingen in ein Traben über, und ihre Gedanken überschlugen sich, während ihre Pfoten über den kühlen Boden liefen. Diese Nacht mochte nicht der richtige Zeitpunkt sein, aber schon bald würde sie einen Weg finden, ihren Gefährten zu erobern. Und wenn es mit einem qualvollen Fehlschlag endete, nun, dann würde ihr zumindest das Wissen bleiben, dass sie es versucht hatte.

Pass nur auf, Alpha, murmelte sie halb, als sie zur Ranch zurückkehrte. *Nächstes Mal wirst du mich nicht so einfach los.*

Kapitel 6

Drei Tage lang sah sich Lana mit verstohlenen Blicken auf der Ranch nach Tyler um. Die wenigen Male, die sie den Alpha sah, brütete er entweder still vor sich hin oder gab seine zweisilbige Version von Sprache von sich. Selbst aus der Ferne konnte sie spüren, wie die Luft zwischen ihnen flirrte und knisterte. Aber jedes Mal, wenn sie einen zaghaften Gedanken in seine Richtung entsandte, prallte sie damit auf eine Wand. Normalerweise konnten Gestaltwandler die Stimmung anderer spüren, Tyler jedoch erwies sich als unergründlich. Und wenn sie ihm zu nah kam, verzog er sich einfach in die entgegengesetzte Richtung. Lana hatte sich die Verbindung zwischen ihnen in jener Nacht auf dem Hügel mit Sicherheit nicht eingebildet. Warum also ging er ihr nun aus dem Weg?

Nagende Zweifel schlichen sich ein und warnten sie, dass sie die Chance auf ihren Gefährten verpassen könnte, wenn sie nicht bald handelte. Aber wann genau sollte sie handeln? Und wie? Sie konnte dem Alpha des Rudels wohl kaum ihren Willen aufzwingen.

Und die Zweifel wurden schlimmer. Was, wenn er nie zur Vernunft käme? Was, wenn er sie nicht wollte? Was, wenn alles nur ein weiterer grausamer Streich des Schicksals war?

Das eine Mal, als sie sah, wie eine Frau Tyler berührte, geriet ihr Blut so rasant in Wallung, dass sie dachte, es würde ihr aus den Ohren schießen. Es war Audrey, diese künstliche Blondine, die jeden Quadratzentimeter ihrer üppigen Kurven einsetzte. Die Umgangsformen der Frau waren etwa so subtil wie die einer Stripperin. Sie ging nicht einfach, sie bewegte sich mit einem sinnlichen Hüftschwung fort, als wollte sie ein unsichtbares Publikum auf Touren bringen. Als sie eine tastende

Hand auf Tylers Unterarm legte, sträubten sich Lana sämtliche Nackenhaare. Sie konnte ihre Wölfin kaum lang genug im Zaum halten, bis Tyler sich von der Frau befreite und davonging. Audrey hatte ihm bei der Gelegenheit nachgeschaut wie ein Raubvogel seiner Beute. Oder eher wie eine Füchsin, die ihre nächsten Schritte plante? So oder so, Lana beschloss, Audrey auf die Liste der Gefahren hier draußen im Wilden Westen zu setzen.

Die übrigen Mitglieder des Rudels schienen recht freundlich zu sein, wenn auch beschäftigt mit eigenen Aufgaben. Womit Lana kein Problem hatte. Sie war hier, um ihrer Großmutter beim Einleben zu helfen, nicht, um Bekanntschaften zu knüpfen. Laut Milly lebten knapp zweihundert Gestaltwandler auf der Ranch, viele verstreut über abgelegene Teile des riesigen Grundstücks. Einige bewirtschafteten das Land, der Rest befasste sich mit breiter gesteckten Geschäften des Rudels in ganz Arizona, von Bauwesen über Beratungsleistungen bis hin zu gewerblichen Immobilien. Die Beziehungen zu den unmittelbaren Nachbarn waren im Großen und Ganzen gut, obwohl ein Wechsel in der Leitung der angrenzenden Seymour Ranch Anlass zur Sorge gab. Vor allem, da man eine nahe Ecke jenes Lands dem Staat als Parkgelände überschrieben hatte. Das Letzte, was das Rudel wollte, waren Außenseiter in der Nähe ihres Zuhauses.

„Jemanden wie dich könnten wir hier gebrauchen, Lana!“, meinte Milly, als sie am dritten Tag Bilder aufhängten.

Lana wusste, dass es stimmte. Zu Hause arbeitete sie an Fragen der Landbewirtschaftung. Die Interessengruppen, zwischen denen sie dabei verhandelte, waren im Wesentlichen dieselben wie hier: das Rudel, die Öffentlichkeit, kommerziell interessierte Parteien und Umweltlobbyisten. Also ja, sie könnte eine Menge Erfahrung auf der Twin Moon Ranch einbringen.

Wenn sie bleiben wollte.

Ein Hauch der Wüstenluft erinnerte Lana daran, warum sie es tun sollte und warum nicht.

Rasch wechselte sie das Thema. „Wie handfest ist diese Bedrohung durch Abtrünnige?“

„Ich bin sicher, Tyler hat das im Griff", antwortete Milly, allerdings klang die Ruhe in ihrem Tonfall gezwungen.

Lana verkniff sich ein Schnauben. Abtrünnige bekam man nur durch einen Kampf auf Leben und Tod in den Griff. Und so, wie es sich anhörte, streiften gleich mehrere durch die Gegend. Würde es dazu kommen? Lana musste zugeben, dass es sie danach juckte, zu kämpfen und zu handeln. Ihr war alles recht, um die Spannung in der Luft zu verringern.

Ich will meinen Gefährten, meldete sich ihre Wölfin knurrend zu Wort.

Mehr als das, sie verspürte das geradezu verzweifelte Bedürfnis, eine Verbindung mit Tyler herzustellen. Nicht nur ihr Herz und ihr Verstand verlangten danach – es war so tief in ihrer Seele verwurzelt, dass sich ihr gesamtes Wesen danach sehnte. Jahrelang hatte sie sich eingeredet, ein gebrochenes Herz wäre das Schlimmste, was es gab. Allmählich jedoch dachte sie, dass ein vollständiges noch schlimmer sein konnte.

Tyler, Tyler, Tyler. Sein Name pulsierte als Sprechgesang durch ihr Blut und jeden Teil ihres Körpers, Tag und Nacht.

„Wie geht es dir, Liebes?", fragte ihre Großmutter und lenkte ihre Aufmerksamkeit zurück auf das Haus.

„Gut, gut", log Lana zwischen zwei Hammerschlägen auf einen Nagel an der Wand, wo ihre Großmutter ein Bild haben wollte.

„Gefällt es dir auf der Ranch?"

Lana klemmte sich den nächsten Nagel zwischen die Lippen und gab einen möglichst unverbindlichen Laut von sich, bevor sie ein paar weitere mordlüsterne Schläge auf den ersten Nagel einprasseln ließ. Es würde ihr auf der Ranch sehr viel besser gefallen, wenn Tyler aufhörte, sie zu meiden.

Sie versuchte, das Gefühl abzuschütteln. Aber es steckte so tief in ihr wie die Stachelschweinstacheln, die sie in der Schnauze eines elend aussehenden Hunds auf der Ranch gesehen hatte. So ähnlich ging es ihr, dumme Töle, die sie war. Wenn nur jemand mit einer Zange käme und den Kummer aus ihr herausreißen würde.

Ihr Glück konnte bestimmt nicht von einem Mann abhängen, schon gar nicht von einem herrischen Alpha. *Du kommst verdammt gut ohne einen Mann zurecht.*

Ihre Wölfin knurrte. *Nicht ohne diesen!*

Das Tier wurde zunehmend schwerer zu bändigen. Lana wollte sich gar nicht ausmalen, was passieren würde, wenn der zunehmende Mond voll wäre. Würde sie Tyler bis ans Ende der Welt nachjagen oder das Vernünftige tun – schleunigst die Flucht ergreifen?

Rastlos lief sie umher, murmelte vor sich hin und ertrug drei von Sehnsucht erfüllte Tage und zwei qualvolle Nächte bis zum Vollmond.

Und er präsentierte sich nicht gewöhnlich voll, sondern geradezu schmerzhaft voll. Wie aufgebläht. Lana huschte aus dem erstickenden Lehmziegelhaus, verwandelte sich und überlegte, was die Nacht wohl bringen würde.

Ihre Wölfin wollte hinaus und laufen. Vielleicht zu sehr, aber das Tier ließ sich nicht abweisen. Also galoppierte sie los, vorbei an dem Lichtkreis, der den inneren Bereich der Ranch begrenzte, und hinaus in die fahle, schwarz-weiße Welt der nächtlichen Wüste.

Da lang? fragte ihre Wölfin.

Sie schnupperte in die Richtung von Tylers Hügel, aber keine frische Fährte zog sie in die Richtung. Stattdessen streunte sich nach Süden und Westen, bis sie zu einer Ecke gelangte, an der die Grundstücke der Twin Moon Ranch und der Seymour Ranch zusammenstießen. Als auf dem Feldweg unter ihr ein Truck vorbeirumpelte, huschte sie hinter einen dürren Busch und zog den Schwanz ein. Wer hatte es um diese nachtschlafende Zeit so eilig?

In geducktem Lauf folgte sie dem Wagen eine gute Meile, bevor er neben zwei anderen anhielt. Ein Fahrzeug auf diesen Straßen war normal. Zwei konnte man schon als Konferenz bezeichnen. Aber drei?

Irgendetwas stimmt hier nicht, sagte ihre Wölfin und hielt den Schwanz still.

Mit zusammengekniffenen Augen spähte sie in die Lichtkegel der Scheinwerfer. Ihr stockte der Atem, als sie sah, wie Tyler aus dem Truck stieg. Cody schien zuerst angekommen zu sein. Die Brüder sahen sich lang genug gegenseitig an, um sich in Gedanken eine dringende Botschaft zu übermitteln.

Drei andere Männer standen mit zornigen Mienen etwas abseits. Sie traten zu Tyler und Cody. Hitziges Gemurmel brach zwischen ihnen aus. Selbst aus der Ferne konnte Lana erkennen, dass Cody versuchte, die Gemüter zu beruhigen. Tyler hingegen sah man seine kaum gebändigte Wut deutlich an. Die anderen drei waren mit Gewehren bewaffnete Menschen, die nur allzu schießwütig wirkten.

Lana schlich vorwärts, blieb dabei in den Schatten. Sie rümpfte die Nase, als sie den unverwechselbaren Geruch von geronnenem Blut und aufgedunsenem Fleisch wahrnahm. Morbide Neugier lockte sie weiter vorwärts. Was – oder wer – war hier gestorben?

Ein weiterer vorsichtiger Schritt, dann hatte sie die Antwort. Tote Schafe. Mittlerweile konnte sie die Kadaver erkennen, drei oder vier, die über einen Hang verstreut lagen. Sie waren von irgendeinem zerstörungswütigen Tier bei lebendigem Leib zerfetzt worden. Lana kroch näher und schnupperte abermals. Der unverkennbare, saure Geruch ließ sie abrupt den Kopf zurückziehen.

Abtrünnige, spie ihre Wölfin hervor.

Sie mussten bereits vor Stunden verschwunden sein, doch sie würden mit Sicherheit wieder zuschlagen. Irgendwo, irgendwann. Bald.

Allerdings war der Gestank zu überwältigend, um nur von einer Handvoll Schafen zu stammen. Lana sank tiefer, bis ihr Bauchfell den Boden streifte, während sie vorwärts kroch, um über eine Erhebung zu spähen. Wüstengestrüpp wiegte sich in der leichten Brise. Dazwischen befanden sich weichere, rundere Haufen, die sich überhaupt nicht rührten. Beim Anblick weiterer toter Schafe schrak Lana zurück. Es waren etliche mehr. Ihre Augen erkannten das Brandzeichen auf dem vordersten Kadaver – ein Doppel-S –, und ihre Gedanken rotierten. Offensichtlich hatten die drei Menschen von der Seymour Ranch das Ausmaß des Blutbads noch nicht gesehen. Sobald sie es bemerkten, würden sie einen Wirbel von hier bis zur Hauptstadt des Staats schlagen. Eine Untersuchung würde folgen, und die zerbrechliche Anonymität des Rudels wäre bedroht.

Lana musste sie ablenken. Cody und Tyler sprachen immer noch mit ihnen und versuchten offensichtlich, sie von der Senke wegzulocken, in der die Mehrheit der toten Schafe lag. Eine Ablenkung. Das brauchten sie. Aber welche? Lana sah sich um. Sie überlegte, ob sie einen Erdrutsch auslösen oder Geheul anstimmen sollte. Nein, in Wolfsgestalt aufzutreten, wäre dumm. Man würde ihr die Schuld an dem Massaker geben.

Ihre Gedanken überschlugen sich. Was konnte sie tun?

Die drei Menschen drängten sich bereits an Cody vorbei und bewegten sich auf den Straßenrand zu. In einer Minute würden sie den Rest der Schafe entdecken, und der Teufel würde los sein. Ohne groß über ihren Plan nachzudenken, wechselte sie zurück in menschliche Gestalt. Nur ein Gedanke ging ihr durch den Kopf.

Schnell. Sie musste schnell handeln.

∞∞∞∞

Tyler musste an sich halten, um die Männer von der Seymour Ranch nicht vom Fahrbahnrand zurückzuzerren. Na schön, sie waren verärgert. Und wenn schon. Er selbst hatte den Ärger übersprungen und war direkt zu Rage übergegangen.

Yas war für dieses Gemetzel verantwortlich. Tyler wusste es. Offensichtlich war der Abtrünnige mit einer Bande von Unruhestiftern zurück. Und wieder versuchte der Mistkerl, Menschen gegen Wölfe auszuspielen, in der Hoffnung, sie würden sich gegenseitig umbringen. Die Männer der Seymour Ranch würden zur geballten Wolfsjagd aufrufen. Was wiederum die Gestaltwandler aufstacheln würde. Früher oder später würde es eskalieren. Wenn sich nur eines der großspurigeren Mitglieder von Tylers Rudel in einem unbedachten Moment vor den Augen eines Menschen verwandelte, wäre die wahre Natur des Rudels entlarvt.

Tyler schüttelte den Kopf und legte seinen inneren Wolf in Ketten. Kapierte Yas nicht, dass Ärger für das Wolfsrudel letztlich auf seine eigenen Brüder übergreifen würde?

Aber nein. Abtrünnige waren nicht in der Lage, so weit voraus oder so klar zu denken.

Verdammt noch mal. Sein Wolf knurrte.

Die letzten Tage waren auch ohne die Bedrohung durch Abtrünnige quälend genug gewesen. Neuerdings ging er nachts auf Patrouille, um sich von Lana abzulenken. Wann immer er sich gestattete, ihr zu nah zu kommen, fühlte er sich zerrissen zwischen Pflichtgefühl und überwältigendem Verlangen. Entfernte er sich zu weit von ihr, zerrte sein innerer Wolf an einer rasch ausfransenden Leine.

Ich brauche sie. Ich will sie in meiner Nähe haben. Wo sie in Sicherheit ist.

Die ganze Woche hatte Tyler krampfhaft um eine Lösung gerungen. Irgendwie musste er die Emotionen aussperren und mit seinem Leben weitermachen. Vor allem musste er Lana in Sicherheit bringen, auch wenn er sich dadurch die eigenen Wünsche verweigerte. In Arizona lauerten zu viele Gefahren auf sie. Tatsächlich konnte er sie an drei Fingern abzählen: erstens die Abtrünnigen. Zweitens sein Vater. Drittens er selbst. Denn was, wenn dieses Knistern zwischen ihnen wieder einsetzte? Dann würde er ihr nie und nimmer widerstehen können, und es würde nicht gut für sie enden. Genauso wenig, wie es gut für seine Mutter oder eine der Frauen seines Vaters geendet hatte.

Eine verführerische Stimme flüsterte in seinem Hinterkopf. *Es sei denn, sie ist deine wahre Gefährtin.*

Als Lana vor einigen Nächten in sein Geheul eingestimmt hatte, war etwas in ihm angeschwollen und hätte beinah seine selbst auferlegten Grenzen gesprengt. Wären die Abtrünnigen nicht gewesen, er hätte bis zum Sonnenaufgang mit ihr geheult. Mittendrin jedoch hatte er ein Murmeln tief in der Nacht aufgeschnappt. Kaum vorhanden, mehr eine Ahnung als eine Präsenz. Dennoch hatte es gereicht, um die Magie zu zerschmettern und ihn wegzureißen.

Vielleicht war es besser so gewesen. Er hatte in jener Nacht nämlich beinah vergessen, dass Lana eine Dixon war.

Sie gehört mir, beharrte sein Wolf.

Tyler wollte der Bedrohung gerade auf den Grund gehen, als ihn eine Meldung weiterer Aktivitäten von Abtrünnigen zur Ranch zurückgerufen hatte. Die sich als Fehlalarm herausgestellt hatte. Tyler verfluchte sich. Wäre er seiner ersten Ahnung damals weiter nachgegangen, hätte der Ärger nie so weit gehen müssen.

Mit einem Blinzeln konzentrierte er sich auf die Gegenwart. Vorerst musste er die Rancher aufhalten, bevor sie die anderen Schafe entdeckten. Dann könnte er seine Fährtensucher rufen und die Abtrünnigen bis in die Hölle jagen.

Plötzlich schnitt ein Schrei durch die nächtliche Luft. Tyler wirbelte zusammen mit Cody und den Menschen herum. Als eine Gestalt durch das Gebüsch gepflügt kam, stürmten die Rancher mit gezückten Gewehren vorwärts.

„Hilfe!", rief eine verzweifelte Stimme. „Hilfe!"

Die Rancher wichen zurück, als eine Frau auf die Straße stolperte. Jeder Muskel in Tylers Körper krampfte sich zusammen. Es war Lana – weinend, mit den Armen fuchtelnd und nackt wie am Tag ihrer Geburt. Wunderschön, jeder Quadratzentimeter, trotz der Hysterie. Sie warf sich Dale entgegen, dem Vorarbeiter der Seymour Ranch, und klammerte sich verängstigt an ihm fest.

„Ich war, ich war...", stammelte sie und betatschte den Mann.

Dale stand verdattert da und versuchte, sie zu stützen, ohne zu viel nackte Haut zu berühren.

Tylers Blut staute sich auf, bevor es wie eine Flutwelle vorwärts schoss. Auf keinen verdammten Fall würde er zulassen, dass ein anderer Mann sie anfasste! Mit drei schnellen Schritten hastete er hinüber, knöpfte unterwegs sein Flanellhemd auf und legte es wie einen Umhang um Lana. Sie brabbelte weiter vor sich hin, als er sie zurückzog. Etwas über einen Mann, einen Streich, einen Truck und...

Sie zwinkerte. Mittendrin zwinkerte Lana ihm zu. Beinah wäre er vor Überraschung zusammengezuckt, aber sie plapperte nahtlos weiter, umklammerte sein Hemd und verhielt sich wie eine vor Angst halb durchgedrehte Frau.

Spielte sie das nur? Was zum Teufel hatte sie vor?

Er suchte Codys Blick. Die Augen seines Bruders funkelten, als hätte er einen Insiderwitz gehört, den Tyler nicht mitbekam. Was war bloß so komisch?

Was immer Lana beabsichtigte, es zeigte Wirkung. Die Augen der Rancher hatten sich auf die holde Maid in Not geheftet. Sie schienen hin- und hergerissen zwischen dem Wunsch zu sein, die Frau zu trösten und einen besseren Blick auf ihren perfekten Hintern zu erhaschen. Tyler manövrierte Lana auf die andere Seite seines Trucks und war froh, dass sich niemand mehr auf die Senke zubewegte. Die Schafe waren vergessen, zumindest vorläufig.

In dem Moment begriff sein Verstand endlich, was Lanas Zwinkern bedeutete. Sie hatte gerade noch rechtzeitig eine Ablenkung geschaffen.

„Ich weiß nicht, ob ich dich umbringen oder küssen soll", murmelte er, bevor er abrupt den Mund schloss.

Lana grinste. „Küssen", flüsterte sie so nah, dass ihre Lippen sein Ohr streiften.

Noch nie hatte ein kleines Wort so gefährlich und zugleich so herrlich geklungen. Der Nachhall blieb in seinem Ohr und schoss ihm direkt in die Blutbahnen.

Küssen, säuselte der Wolf in ihm.

Umbringen, leistete der Mann halbherzigen Widerstand.

Er wagte nicht, den Mund zu öffnen, weil er sich davor fürchtete, welches Wort herausdringen könnte. Gut, dass Cody am Ball blieb und die Rancher davon überzeugte, er und Tyler hätten die Lage im Griff.

„Genug für die Nacht", schlug Cody vor, und seine Stimme wirkte ihren üblichen Zauber.

Selbst inmitten seiner Wut wünschte Tyler unwillkürlich, er besäße das Geschick seines Bruders im Umgang mit Worten.

„Wir kümmern uns darum", bezirzte Cody die Männer von der Seymour Ranch. „Wir finden den verantwortlichen Kojoten und erlegen das verdammte Vieh."

Es kam einem Wunder gleich, dass Tyler durch das Tosen in seinen Ohren überhaupt etwas hören konnte. Verdammt! Lana war ihm so nah. Er versuchte, sie auf Armeslänge von sich zu halten, um sich irgendwie den Verstand zu bewahren.

Allerdings erwiesen sich seine Vernunft und seine Muskeln als uneinig, und sie blieb fest an seine Rippen gedrückt.

Die Rancher brummelten halbherzig vor sich hin, schließlich jedoch starteten sie ihren Pick-up und fuhren davon. Tyler schnappte Codys leises Lachen auf, als Lana abrupt mit dem Gestammel aufhörte, sich aufrichtete und ihnen beiden kess zunickte. Lachte sie etwa?

Am liebsten hätte Tyler sie beide erwürgt. „Steig ein", befahl er knurrend.

Lana verschränkte die Arme vor der Brust und rührte sich nicht vom Fleck.

Er spannte die Kiefermuskeln so krampfhaft an, dass ein scharfes Knacken ertönte. „Steig *bitte* in den Wagen."

Lana ließ einen sturen Moment verstreichen, bevor sie in den Truck kletterte und die Tür zuschlug.

„Ich kümmere mich darum." Cody deutete in Richtung der Schafe. „Geh du und kümmere dich um... das." Er winkte in Richtung des Trucks und wandte sich mit einem kaum verhohlenen Lächeln ab.

Abtrünnige Kojoten, menschliche Nachbarn, die um ein Haar ein schreckliches Geheimnis entdeckt hätten, und eine dickköpfige Frau, die unverfroren vermutete, er bräuchte Hilfe. Noch dazu eine Dixon. Und die beiden lachten?

Zu allem Überdruss war die Nacht noch jung.

∞∞∞∞

Tyler fuhr schweigend. Ihm fiel nicht ein Wort ein, das er sagen könnte, während Lanas verführerischer Duft die Kabine ausfüllte. Er war noch ausgeprägter als an dem Tag, an dem er sie vom Flughafen abgeholt hatte. In dieser Nacht fühlte er sich verwegen und lustvoll an. Geradezu provokant. Er ließ die Fenster herunter und versuchte, durch den Mund zu atmen.

Mit einem Brummen gab er schließlich auf und schlug aufs Lenkrad. „Verdammt noch mal! Was hast du dir dabei gedacht, vorhin nackt angerannt zu kommen?"

Lana verschränkte die Arme über dem Flanellhemd – *seinem* Flanellhemd. Was bedeutete, dass sich ihr Geruch und seiner auf viel, viel zu anzügliche Weise vermischten. Mit stummer Herausforderung im Gesicht starrte sie ihn an.

„Diese Männer... haben dich alle gesehen!"

Sie zog eine Braue hoch. Etwas Wildes leuchtete in ihren blauen Augen.

Du auch, kam schnurrend von ihrer Wölfin. *Und was hast du gedacht?*

Ein plötzlicher Hitzeschwall fegte durch seinen Körper. *Hat uns gefallen! Hat uns gefallen!* brummte sein Wolf.

Tyler verstärkte den Griff der Finger ums Lenkrad, damit sie nicht über Lanas seidiges Haar streichen konnten.

„Du musst zugeben, dass es funktioniert hat." Sie wirkte selbstgefällig.

Falls sie es sich zum Ziel gesetzt hatte, jeden Schwanz vor Ort zu verhärten, dann ja, das war ihr sicherlich gelungen. Seine eigene Erektion presste immer noch gegen den Jeansstoff. Er musste die Zunge hüten, damit sie Lana nicht von oben bis unten ableckte, angefangen bei diesem frechen Mundwerk bis hin zu einer anderen warmen, feuchten Körperöffnung.

Bei dem Gedanken verhärtete sich die Beule in seiner Jeans zusätzlich. Er konnte sich nicht erinnern, je so schnell – oder so heftig – von einer Frau erregt worden zu sein. Angeführt wurde der Ansturm von Wut, knapp dahinter folgten Eifersucht und Begierde. Und ganz hinten schimmerte noch etwas anderes. Angst? Sein Rücken versteifte sich. Wovor sollte er sich fürchten müssen?

Ein Blick auf ihre sommersprossige Nase verriet es ihm. Er könnte sich in ihr verlieren, könnte vergessen, wer er war und welche Pflichten er hatte. Er könnte vergessen, wer sie war. Auf keinen Fall durfte er sich mit der Tochter des Erzfeinds seines Vaters einlassen.

Lana beobachtete den Kegel der Fernlichter des Trucks. „Ich war zum Laufen unterwegs, als ich auf euch gestoßen bin. Die Rancher waren kurz davor, den Rest der Schafe zu sehen. Also hab ich das Erstbeste gemacht, was mir eingefallen ist, um sie abzulenken."

„Ist dir gelungen."

Beim Gedanken an all diese Männer, die ihren Körper mit den Augen abgetastet hatten, quetschte er das Lenkrad fester. Und ihre Hände waren überall an Dale gewesen! Tyler konnte Lana gar nicht schnell genug in sein Hemd wickeln. Und als er es getan hatte, war der Körperkontakt elektrisierend gewesen. Dabei wollte er den Stoff nur über jeder Kurve ihres Körpers glattstreichen.

Eine weitere drückende Pause sorgte für Spannung in der Luft.

„Du bist doch nicht sauer, oder?" Ihre Stimme wurde leicht brüchig.

Sauer? Fuchsteufelswild! Außer sich vor Wut! Er war... Verdammt, Tyler schmolz rasant dahin. Sein Inneres fühlte sich weich und mürbe an, während sein bestes Stück steinhart blieb. Er sehnte sich verzweifelt danach, Lana zu berühren, sie zu schmecken – und das war nur der Beginn der Liste. Als er schnupperte, stellte er fest, dass die Luft vor ihrer Lust strotzte. Auch vor seiner, die sich um die ihre schmiegte. Gott, diese Versuchung.

Lana lehnte sich zu ihm, die Augen geschlossen, das Kinn nach oben gereckt. Ihr Gesichtsausdruck wechselte von neugierig zu herzlich, als sie bei seinem Geruch ein zufriedenes Lächeln aufsetzte. Dann öffnete sie die Lider. Ihre Augen blickten tief in seine. Augen, die mehr wölfisch als menschlich wirkten.

Alles klar, besagten sie. *Ich will dich, Wolf.*

Sein Blick schnellte auf die Straße, als er den Truck aus einem Schlenker unter Kontrolle brachte, der einen Schauer aus Kies aufwirbelte.

„Die nächtliche Luft muss man einfach lieben." Lana zupfte das aufgeknöpfte Hemd über ihrem Oberkörper zurecht und warf das lange Haar zurück.

Sie hatte ja keine Ahnung, wie sehr er die Finger darin vergraben und sie zu sich ziehen wollte. Ebenso wenig wusste sie, wie schlimm es wäre, wenn er das geschehen ließe. Die Luft knisterte mit der erwartungsvollen Energie einer zum Schlag ausgeholten Peitsche.

Als der Truck die Kuppe eines Hügels erreichte, verringerte Tylers verräterischer Fuß den Druck aufs Gaspedal. Im Rückspiegel zeichneten sich die Heckleuchten der Fahrzeuge der Rancher nur noch als rote Glühwürmchen in der Landschaft ab. Codys Wagen stand unverändert an derselben Stelle, die Scheinwerfer ins Gebüsch gerichtet.

Tyler schaltete den Motor aus, ließ jedoch eine Hand am Lenkrad und schloss die Augen. Lana wartete auf ihn, spielte mit seinem Herzen. Es war reine Folter. Wusste sie nicht, warum sie nicht zusammen sein konnten?

Nein, erkannte er. Sie wusste es eben nicht.

„Lana", begann er und kratzte alle Selbstdisziplin zusammen. „Dein Vater ist Nate Dixon, oder?"

Ihre Augen verengten sich zu Schlitzen. „Und?"

Tyler wartete in der Hoffnung, die Nacht würde die Erklärung für ihn übernehmen. „Hat es dir nie jemand erzählt?"

„Mir was erzählt?"

Er rieb sich mit der Hand das Kinn. „Deine Eltern haben früher hier in Arizona gelebt. Weißt du, warum sie weggezogen sind?"

Lana verschränkte die Arme über dem Flanellhemd. „Sie wollten im Osten neu durchstarten, deshalb sind sie zum Heimatrudel meines Vaters zurückgekehrt."

Das also hatte man ihr gesagt. Ein Körnchen Wahrheit, tief vergraben im Herzen der Lüge. Nate Dixon stammte tatsächlich aus Osten. Er war nach Arizona gekommen, um etwas Neues auszuprobieren. An der Seite von Tylers Vater hatte er sich in der Hierarchie eines ums Überleben kämpfenden, neuen Rudels nach oben gearbeitet. Die beiden waren beste Freunde gewesen, bis sie sich in dieselbe Frau verliebt hatten.

„Was ist mit deiner Mutter?", fragte Tyler.

„Was soll mit meiner Mutter sein?" Lana ballte die Hände zu Fäusten.

„Hat dir gegenüber niemand erwähnt, mit wem sie zusammen war, bevor sie deinen Vater kennengelernt hat?"

„Was spielt das für eine Rolle?"

Sie kapierte es nicht. Seine Finger trommelten aufs Armaturenbrett, während er überlegte, wie er es ihr beibringen sollte.

Schließlich holte er tief Luft und begann. „Deine Mutter war früher mit meinem Vater zusammen. Aber sie hat ihn verlassen, als sie schwanger wurde – von Nate Dixon."

66

Kapitel 7

„Meine Mutter? Dein Vater? Niemals."

Tyler war schlau genug, Lana nicht zu antworten, als er sah, wie sie die Hände auf dem Schoß zu Fäusten ballte. Wenigstens schien sie eher wütend über die Situation zu sein, nicht auf ihn. Gern hätte er die Hand ausgestreckt und sie berührt, um irgendwie alles in Ordnung zu bringen. Aber er war machtlos.

Es kam einer Qual gleich, ihr so nah zu sein. Auch den Gedanken daran, wessen Blut durch seine Adern floss, empfand er als Qual. Tyler bewunderte seinen Vater als Alpha, aber als Mann war er ein herzloser Mistkerl. Er hatte Tylers Mutter geschwängert und danach Lanas Mutter verführt. Nicht, dass er eine der beiden Frauen geliebt hätte. Das war das Verrückte daran. Die Blutfehde beruhte ausschließlich auf dem verletzten Stolz des Alten.

Als Lanas Mutter – zweifellos in Eile – mit Dixon weggegangen war, hatte Tylers Vater seine Mutter gerade lang genug zurückgenommen, um sie ein zweites Mal zu schwängern. Die gequälte Frau war noch ein Jahr geblieben, bevor sie die Flucht ergriffen und Tyler und seine Schwester zurückgelassen hatte. Tyler schloss die Augen bei der vagen Erinnerung an eine dunkelhaarige Frau mit traurigen Augen. Er konnte noch das Salz ihrer Tränen schmecken und ihr Schluchzen hören, als sie ihn zum Abschied umarmt hatte. Aber er konnte ihr keinen Vorwurf daraus machen, dass sie gegangen war. Nicht angesichts der Art, wie sein Vater sie behandelt hatte.

Prompt hatte eine andere Frau ihren Platz im Bett seines alten Herrn eingenommen, wenn auch nicht in Tylers Herz. Codys Mutter. Später war auch sie mit zerschmetterten Träumen in den gequälten Augen gegangen. Ein Kreislauf, der sich unablässig wiederholt hatte. Ein Kreislauf, dessen Zeuge Tyler als das älteste Kind geworden war.

Er umklammerte das Lenkrad so fest, dass seine Fingernägel das Leder einzureißen begannen. Durch seine Adern floss das Blut seines Vaters. Und obwohl es ihm Kraft verlieh, verdammte es ihn auch zu einem einsamen Dasein. Aber besser allein, als ein Mistkerl wie sein Vater zu werden. Wenn nur die Frauen des Rudels das akzeptieren könnten. Aber nein, sie versuchten ständig, gelegentlichen nächtlichen Spaß in mehr zu verwandeln und sich zu angeln, was sie für einen erstrebenswerten Fang hielten. Tyler schnaubte zynisch. Ja, er wäre schon ein toller Fang.

Zumindest hatte er so gedacht, bevor das Phantom aufgetaucht war und ihm keine Ruhe mehr gelassen hatte. Eine Zeit lang hatte er sich den Glauben gestattet, es könnte tatsächlich jemanden geben, der stark genug wäre, um seine Gefährtin zu sein. Und genauso empfand er nun mit Lana an der Seite. Die Vision von einem besseren Leben war zurück, klopfte in seinem Schädel an die Tür und flehte ihn an, sie hereinzulassen. Er war sich so sicher gewesen, dass jenes Phantom seine für ihn vorgesehene Gefährtin war, dass er sich geschworen hatte, nie wieder sein Herz zu verlieren. Und doch tat er es schon wieder bei einer anderen Frau. Wenn das nicht bewies, dass er ein treuloser Mistkerl wie sein Vater war, was dann?

Seine Augen gaben sich alle Mühe, sich auf eine Melde direkt vor dem Truck zu konzentrieren. Es wäre unheimlich befriedigend, das Gewächs in Flammen aufgehen zu sehen. So heiß, wie sich seine Augen anfühlten, konnte dazu nicht viel fehlen.

Lana schüttelte den Kopf und überlegte womöglich, ob sie ihn schlagen sollte. Er wünschte, sie würde es einfach tun. Dadurch würde er sich besser fühlen. Und sie auch. Warum bloß mussten sie beide Meister der Selbstbeherrschung sein?

Dann veränderte sich etwas in ihrer Miene. Sie wurde milder, und ihr Blick heftete sich auf etwas knapp links seines Gesichts. Auf sein Ohr. Mit einem Ruck senkte er die Hand zurück aufs Lenkrad. Na schön, er hatte sich wieder mal gekratzt. Gut, eher gekrallt. Und wenn schon.

Der Sturm in ihren Augen verflüchtigte sich und wurde von flauschigen Schäfchenwolken abgelöst. Sie wirkte… mitfühlend.

„Unsere Eltern haben nichts mit uns zu tun, Tyler."

„Sie haben alles mit uns zu tun. Mein Vater hat eine Todesdrohung gegen deinen ausgesprochen."

„Und?"

Und? „Die erstreckt sich auf alle Dixons. Dich eingeschlossen. Du solltest nicht… du dürftest nicht hier sein."

Lana warf die Hände hoch. „Warum hat man mir dann erlaubt, herzukommen?"

„Ich schätze mal, Milly hat nicht genau erwähnt, wer zu Besuch kommen würde. Und deine Großmutter wohl auch nicht. Sie muss es gewusst haben."

„Sollte das Verbot dann nicht auch für Oma gelten?"

Er zuckte mit den Schultern. „Sie ist eine Generation älter. Ist nicht ihre Schuld, was ihre Tochter getan hat. Ich meine, so würde mein Vater es sehen. Ich kann bloß nicht fassen, dass sie das Risiko eingegangen ist, dich hierher zu bringen. Warum hat sie das getan?"

Lana seufzte. „Die gute alte Oma. Sie hatte schon immer ihre ganz eigene Art."

Tyler verkniff sich, anzumerken, dass der Apfel nicht weit vom Stamm fiel. „Wir können nicht so tun, als gäbe es keine Fehde."

Jäh drehte ihm Lana den Kopf zu. „Wir können auch nicht so tun, als gäbe es *das hier* nicht." Mit einer Geste deutete sie das Knistern zwischen ihnen an.

Tyler schloss die Augen und drückte den Fuß fester aufs Bremspedal, als könnte er damit verhindern, dass ihr Geruch ihn überwältigte. Er wollte sie. Lana wollte ihn. Sie vergingen sich beide schon seit Tagen nacheinander. Aber dieses Feuer durfte nie entfachen.

Mit einem letzten Versuch von Widerstand stieß er die Tür des Wagens so heftig auf, dass sie auf den Scharnieren zurückwippte. Er schob sie erneut auf und wuchtete sich hinaus in die Nacht, wo er sich die kühle Luft in die Lunge saugte. Das Zuschlagen der Tür hinter ihm zerschmetterte die Stille der Landschaft, und sogar der Wind schien, sich hastig aus dem

Staub zu machen. Nach drei zügigen Schritten erkannte Tyler, dass es kein Entkommen gab, und er blieb mit hängendem Kopf stehen.

Wie oft hatte er es schon verflucht, der Sohn seines Vaters zu sein? Immer der Beste sein zu müssen, nicht wie die anderen sein zu dürfen. Aber keine der Erwartungen, keine der als feststehend geltenden Tatsachen darüber, wer er war und werden sollte – nichts davon empfand er als so schlimm wie das hier. Über ihren Fall war bereits endgültig entschieden worden. Was immer zwischen Lana und ihm sein mochte, durfte es schlichtweg nicht geben.

Er bemerkte einen kleinen Stein unter seiner linken Schuhsohle, rollte ihn vor und zurück und trieb ihn in den Boden, während er über sein Schicksal nachdachte. Wenn er den Kiesel lang genug bearbeitete, könnte er ihn vielleicht zu Staub zermahlen. Tyler war der Alpha des Rudels. Er hatte einen Job zu erledigen und durfte nicht zulassen, dass irgendetwas seine Pflicht gegenüber dem Rudel beeinträchtigte.

Nicht mal unsere vom Schicksal auserkorene Gefährtin? rief sein Wolf.

Verdammt, juckte sein Ohr in dieser Nacht. Am liebsten hätte er das ganze Ding mit dem dicksten, dornigsten Ast weggekratzt, den er finden könnte. Er könnte mit dem Ohr anfangen und dann zum Rest seines Körpers übergehen, denn das Jucken wurde allumfassend.

Hinter ihm ertönte ein Knarren, gefolgt von einem leisen Pochen, als die Beifahrertür geöffnet und geschlossen wurde. Knirschende Kieselsteine zeigten an, dass Lana um den Truck herumkam. Tylers Eckzähne pressten gegen das Zahnfleisch. In diesem Fall würde er gegen sich selbst kämpfen müssen. Die Fehde geriet beinah zur Nebensächlichkeit. Wenn er Lana nähme, würde sie wie sämtliche Frauen seines Vaters werden.

Sie kann uns verkraften, beharrte sein Wolf. *Sie ist die Richtige.*

Tyler schüttelte den Kopf. *Wir würden sie auslaugen. Vielleicht sogar umbringen.*

Sie hat uns direkt in die Augen gesehen. Sie schafft das!

Selbst wenn, würden wir sie nur enttäuschen.

Niemals! brüllte sein Wolf.

„Tyler." Lanas Stimme drang leise und süß durch die frische Nachtluft. Er wünschte, er könnte sie wie Honig beruhigend seine Kehle hinabgleiten und alles befreien lassen, was in ihm gefesselt war.

Tyler schloss die Augen. Lana befand sich wenige Zentimeter vor ihm. Er bräuchte nur einen Arm auszustrecken und sie fest an seinen Körper zu ziehen, um dieses schier unerträgliche Jucken zu lindern.

„Brauchst du ein bisschen frische Luft?", stichelte Lana. Das Leuchten in ihren Augen verdeutlichte, dass ihre Wölfin das Ruder übernommen hatte.

Er unterdrückte ein Knurren. „Ich brauche ein bisschen von dir."

Die Worte drangen zwischen zusammengebissenen Zähnen hervor. Er zuckte zusammen und wusste, dass nicht nur er Mühe damit hatte, das Tier in seinem Inneren zu bändigen. Tyler krallte die Hände in den Hosentaschen fest, weil er fürchtete, wohin sie sich verirren könnten, wenn er sie herausließe.

Ihre Finger strichen über seine Kieferpartie, bevor sie sich auf seine Brust legten und dort verharrten. Sein Körper vibrierte wie ein in Schwingung versetztes Musikinstrument.

„Ich brauche eine Menge von dir." Lana streckte sich auf die Zehenspitzen und drückte die Lippen auf seine. Sie erwiesen sich als weich, feucht und perfekt an seine angeglichen. Und sie brachten Tyler um den Verstand – sowohl den Mann als auch den Wolf.

Äußerlich zuckte er kaum mit einer Wimper. Er konnte – würde – das nicht geschehen lassen! Auch wenn Lana so leichtsinnig war, sie beide über die Grenze zu drängen, er würde Widerstand leisten. Als er die Hände in der Absicht hob, Lana von sich zu schieben, legten sie sich stattdessen irgendwie auf ihre Taille. Schnaubend stieß er einen gemurmelten Fluch aus. War sein Verstand der Einzige weit und breit, der wusste, was Konsequenzen bedeuteten?

Lana küsste sein Ohr und streichelte sein Schlüsselbein, brachte ihn so dazu, den Kopf näher zu ihr zu neigen. Sie war dabei, eine Seite seines inneren Schlosses zu knacken, während sein Wolf wie verrückt an der anderen Seite kratzte. Zusammengenommen war er geliefert.

Ich brauche eine Menge von dir. Entweder hatte sie es erneut geflüstert, oder die Worte hallten immer noch in seinem Kopf wider.

Lana schmiegte sich an ihn, als hätte sie es schon hundertmal getan. Es fühlte sich so vertraut, so richtig an.

„Ich will dich hart und schnell", flüsterte sie und drückte die Nase an die Rundungen seines Ohrs. Seine Mannespracht pulsierte zustimmend, als ihre Lippen seine Kieferpartie nachzeichneten. Ihre Stimme dröhnte indes durch seinen Kopf und brach direkt in seine Fantasien ein. „Dann will ich dich langsam und sinnlich."

Sein Wolf stürzte sich mit lustvollem Geheul auf die Worte. Ja, sein Wolf hatte eine sehr klare Vorstellung davon, wie, wann und wo er sie wollte. Zum Beispiel hier. Sofort. Pfeif auf die Konsequenzen.

Trotz des Dröhnens in seinen Ohren gelang ihm ein leises Brummen. „Langsam und... was?"

Sie dehnte das Wort aus, während sie die Finger in sein Haar fädelte. „Sinn-lich."

„Sinnlich", flüsterte Tyler und dehnte selbst jede Silbe. Die gesamte Sprache dieser Nacht fühlte sich fremdartig an. Der unwiderstehliche Sog hin zu Lana, das Vibrieren in seinen Adern. Alles daran erregte ihn, umso mehr, da ihre Hand langsam in tiefere Gefilde wanderte. Ein Teil seines Verstands platzte noch immer mit Ausreden heraus. Wie sollte er seinem Vater je *langsam und sinnlich* erklären? Was sollte er vor dem Tribunal aussagen, das man zusammenstellen würde, um Lana und ihn zu lynchen, sobald man ihr verbotenes Treiben entdeckte?

Lanas offenes Hemd flatterte an ihrem Körper. Der Stoff streifte seinen Oberschenkel. Sie ergriff seine linke Hand, ließ den Daumen auf seiner Handfläche kreisen und drückte sie dann auf die weiche Erhebung ihres Busens. Warm und geschmeidig hob und senkte er sich in Einklang mit dem Takt ihrer Lunge. Tyler hielt den Atem an und versuchte, sich gegen die Flutwelle zu stemmen, die ihn mitzureißen drohte.

„Pfeif auf alle anderen." Lana schmiegte den langen, durchtrainierten Körper an seinen. Sie passten so perfekt zusammen wie zwei Kontinente, die nach einer schier ewigen Trennung wieder zusammentrafen.

Mein! brüllte sein Wolf und bewegte bereits die Lippen den ihren entgegen.

∞∞∞∞

Lanas menschliche Seite wusste, dass sie aufhören sollte, doch ihre Wölfin wollte einfach nicht loslassen. Es gab schlichtweg keine Möglichkeit, dieser unbändigen Kraft zu widerstehen, nicht mal, wenn sie es gewollt hätte.

Tyler hatte den Gesichtsausdruck eines Jungen mit dem Schlüssel zu einem Löwenkäfig, der sich vor der Bestie fürchtete, die er gleich befreien würde. Seine Schultern waren angespannt, seine Augen loderten.

Vielleicht hatte sie nicht als Einzige in den letzten Jahren eine Durststrecke hinter sich.

Ihre Brustwarzen verhärteten sich, als sie sich an ihn schmiegte und sich seine Lippen endlich den ihren hingaben. Langsam und herrlich, genau das war es. Ihr Blut geriet in Wallung, ihr Puls beschleunigte sich. Zum ersten Mal überhaupt bat – nein, bettelte – ihr Herz um etwas, und plötzlich wollte sie alles.

„Mmm", brummte sie und kuschelte sich inniger an ihn.

Endlich gehörte er ihr. Seine Augen glichen einem warmen Getränk, einem langsam auszukostenden Genuss. Seine Lippen vermittelten sein Verlangen nach ihr. Seine Zunge wagte sich tiefer in ihren Mund, und von da an explodierte alles.

Im einen Moment dachte sie *schön*, als er zärtlich von ihren Lippen kostete. Im nächsten klemmten sich seine schwieligen Hände um ihre Seiten, und sein Mund eroberte begierig den ihren.

Der erste Punkt auf der Tagesordnung – hart und schnell.

Einen Wimpernschlag später hatte er sie gegen den Truck gedrängt und klemmte sich ihr linkes Bein um die Taille. Mit dem rechten stemmte sich Lana auf die Zehenspitzen, bis Tyler

73

sie anhob und ihre beiden Beine um sich schlang. Lana hörte sich stöhnen, als sie sich an seine nackte Haut presste, wo sein Hemd nach oben gerutscht war. Lodernd verging sie sich nach mehr Körperkontakt. Sie knurrte ihm ins Ohr, als er den Kopf senkte und gleichzeitig eine Hand von ihrer Taille nach oben schob. Lippen und Finger trafen sich an einer Brustwarze und begannen, sie zu verwöhnen. Der Mann mochte wandelndem Stahl gleichen, doch seine Berührungen erwiesen sich als zart wie eine Feder.

„Das dürfen wir nicht tun", flüsterte er.

Allerdings schien der Rest von ihm voll dabei zu sein. Das Schrammen seiner Bartstoppeln über ihre empfindsame Haut brachte ihre Seele zum Jauchzen.

„Wir müssen das tun." Damit stieß sie die Hüften gegen seine. Auf keinen Fall würde ihre Wölfin ihn diesmal entkommen lassen.

Sie klammerte sich an ihm fest, als die Spannung wie Wellen im Meer gegen die letzten Reste seines Widerstands brandete, sie Stück für Stück abtrug und wegspülte. Befriedigung durchflutete sie, denn dieser Fels von einem Mann schmolz gerade – für sie. Als sie den Rücken durchwölbte, reagierte Tyler, indem er ihren Nippel so leidenschaftlich bearbeitete, dass er ihr damit jede Logik aus dem Kopf drängte. Sie konnte unmöglich noch denken, während er sie so berührte. Und sie so... trug?

„Warte", flüsterte er.

Während sie sich an ihm festhielt, wanderte an ihren Augen eine Landschaft aus schwankenden Erlen, struppigen Mesquiten und hartem Fels vorbei. Obwohl Letzteres vielleicht Tyler war. Ihretwegen könnte er sie auch in eine Höhle schleppen. Alles in ihr schrie nach Erfüllung.

Ein Knarren ertönte, gefolgt von einem metallischen Ächzen, als Tyler die Heckklappe des Trucks öffnete und Lana mit sicherer Hand nach hinten neigte. Der Nachthimmel erstreckte sich, soweit das Auge reichte, und bildete ein grenzenloses Panorama mit Tyler im Vordergrund. Sie hob den Kopf, konnte es kaum erwarten zu beobachten, wie er sich auszog und in sie glitt. Aber seine Hände verharrten auf ihren Hüften, die an der Kante des Hecks ruhten, zu hoch für seine Taille. Mit einer Hand griff er nach hinten zu ihrem Fußgelenk. Was hatte er vor?

„Hoch", stieß er heiser hervor und klopfte sich auf die Schulter.

Ein Schauder ging durch Lana, als ihr klar wurde, was er wollte. Sie hatte sich immer davor gescheut, Männern Zugang zu diesem Teil ihres Körpers zu gewähren, jedenfalls ihren Zungen.

Bis jetzt. Nichts erschien ihr mit Tyler zu intim. Ihr Puls raste, als sie beide Beine auf seine Schultern hob und die Knie anwinkelte. Dadurch öffnete sie nicht nur die Vorhänge zur Bühne, sondern riss praktisch sämtliche Wände des Theaters ein. Sie präsentierte sich einem nahezu Fremden auf dem Silbertablett, besessen von einer äußeren Macht.

„So schön", murmelte sie.

Es war mehr als schön. Geradezu befreiend.

Darüber hinaus konnte sie nicht denken. Das verhinderte sein Finger, der ihre unteren Lippen teilte. Lana wusste nur, dass diese Erfahrung alles übertraf, was sie bisher erlebt hatte – eine Erfahrung, von der sie gedacht hatte, es könnte sie nur in ihren Träumen geben. Ihrem Verstand gelang es gerade noch, diesen Gedankengang aneinanderzureihen, bevor Tylers lodernde Augen ihrem Blick begegneten und er den Kopf zu ihrer Mitte senkte.

Bei der Berührung seiner Zunge explodierten in ihrer Sicht die feurigen Schweife unzähliger Kometen. Tyler leckte sie erst langsam, dann gieriger. Er erkundete jeden Quadratmillimeter ihres verborgenen Heiligtums. Sie konnte spüren, wie er ihren Duft einatmete, wie ein berauschter Kolibri an ihrer Pforte schwebte und sich dann an ihrem süßen Nektar labte.

Am liebsten wollte sie im Gegenzug summen. Ach was, singen und vor Freude tänzeln. Sie schlängelte die Finger in sein Haar und ritt auf einer betörenden Welle, während seine Zunge sie erforschte. Indes glitt erst ein Finger tief in sie, dann noch einer. Ein Stöhnen entrang sich ihr, als sich ihre Muskeln um ihn herum zusammenzogen. Ihr Becken kreiste unter ihm, während sie kurz vor der Entladung stand.

Tyler zog sich zurück und heftete seinen lodernden Blick auf sie.

„Gut?" Seine Stimme klang heiser.

Als Antwort brachte sie kaum ein Nicken zustande. Gab es ein Wort dafür, wie sie sich fühlte? Nicht in irgendeiner Sprache, die sie kannte. Tylers Lippen verzogen sich zum Ansatz eines Lächelns. Sie stöhnte auf, als er für einen Nachschlag abtauchte. Worte klopften an die Grenze ihres Verstands, und sie war überzeugt davon, seine Gedanken lesen zu können.

Ich werde dich über die Kante in den Abgrund der Ekstase stoßen, Frau.

Ha, dachte sie vage. *Da bin ich schon.*

Dann fange ich dich mitten im Fall auf, brummte er, *und beginne von vorn.*

Sie verlor sich in einem sengenden Rausch der Lust, und Tylers Name drang ihr von den Lippen, als sich seine Finger schneller bewegten. Dann hielt er abrupt inne, ließ sie eine flüsternde Sekunde lang zappeln, bevor er mit einem Zungenschlag zurückkehrte und sie auf den Gipfel trieb. Lana stieß einen langen, lauten Schrei aus und klammerte sich an den Höhepunkt, noch während er sich langsam in die Nacht zurückzog.

∞∞∞∞

Das Gewicht von Tylers Kopf auf ihrem Bauch verankerte Lana in Raum und Zeit und geleitete sie sanft zurück zur Erde.

Hier drüben, hörte sie die Wärme seines Körpers rufen. *Hier drüben.*

Ich will nirgendwo anders sein, rief sie in Gedanken zurück.

So zielsicher, wie er vorgegangen war, fragte sie sich unwillkürlich, ob sie schon in einem früheren Leben ein Paar gewesen waren. Wie sonst könnte Tyler sie so gut kennen? Oder vielleicht verhielt es sich bei vom Schicksal auserkorenen Gefährten einfach so. Ihre Finger streichelten verspielt seine Schultern, während ihr die Brise seinen erdigen Duft zutrug. Mittlerweile hatte er sich mit ihrem Geruch verflochten, und beide strotzten vor Verlangen.

76

Lana seufzte vor schierer Euphorie. Noch nie hatte es sich so gut angefühlt, loszulassen. Sie schaute zu den Sternen auf, die beruhigend auf sie herablächelten. Nein, das hier konnte nicht falsch sein.

Tylers breite Masse rührte sich an ihrem Bauch und schürte ihr Verlangen prompt erneut. Ein Schauder durchlief sie und ließ Tyler mit fragendem Blick den Kopf heben. Dieser Blick – und das Versprechen darin – ließ ihr ein Gefühl wie Eiswürfel über den Rücken wandern.

„Kalt?", fragte Tyler und zog das Hemd um sie herum nach unten, um sie zu wärmen. Dann sprang er auf die Ladefläche des Pick-ups, holte eine Decke aus einem Winkel und breitete sie auf der Ladefläche aus Stahl aus.

„Nur eine alte Pferdedecke", murmelte er.

„Mir wäre sogar ein Nagelbett recht." Lana ließ sich darauf nieder. Ihre Hände ruhten locker auf den unteren Rippen, das Hemd hing weit geöffnet an ihr. „Solange du bei mir bist."

Schon erstaunlich, dachte sie, dass sie so etwas von sich geben konnte, ohne zu erröten. Solche Worte hatte sie noch nie zu einem Mann gesagt. Und sie würde es auch nie wieder tun – zu keinem anderen Mann als ihm.

Tyler bückte sich für einen Kuss zu ihr, den sie nicht enden lassen wollte, doch schließlich zog er sich zurück und stand auf. Mit einem entschlossenen Ruck zog er sein Shirt aus und entblößte eine gewellte Ebene hart definierter Muskeln. Um den Nabel herum begann ein schmaler Streifen Behaarung, der aufreizend unter seiner Jeans verschwand.

Lana schluckte. Dieser Spur würde sie gern folgen.

„Das nehme ich." Sie grinste.

Er legte das Shirt in ihre ausgestreckte Hand und beobachtete, wie sie es zusammenknüllte und sich unter den Kopf schob. Langsam breitete sich ein sinnliches Grinsen über seine Züge aus. Ein echtes Lächeln, das den Hauch einer Andeutung von dem Jungen bot, von dem Tante Milly erzählt hatte.

Lana streckte die Arme den funkelnden Sternen entgegen. Noch ein bisschen weiter, dann könnte sie den Schwanz des Skorpions packen und ihn weit hinaus ins All schleudern.

„Meine Beine sind eiskalt." Sie strich mit der Wade über seine. „Ich hab Gänsehaut." Spielte keine Rolle, dass sie nichts mit der Kälte zu tun hatte.

Lana hielt den nächsten Atemzug an, während sie beobachtete, wie Tyler den Knopf seiner Jeans öffnete, den Reißverschluss aufzog und die Hand in die Hose schlängelte. Dann atmete sie lang und sehnsüchtig ein. Jetzt neckte er sie auch noch. Unverschämtheit!

Mein! Ungeduldig zerrte sie am Bund seiner Jeans, bis er nachgab und mit beiden Händen die Hose und die Boxershorts runterschob. Seine glühenden Augen blickten aus einer Höhe von deutlich über 1,80 Meter auf sie herab und bildeten eine neue Konstellation: den Wolf. Genauer gesagt einen sehr erregten Wolf. Sogar die zirpenden Heuschrecken schienen es zu bemerken und sangen einen lustvollen Chor in die Nacht.

Sein Blick wanderte gemächlich über ihren Körper, während er seinen prallen Schaft zu voller, beeindruckender Größe massierte und sich Zeit ließ. Stellte er sich dabei vor, dass sie es tat? Wie gebannt schaute sie zu. Seine Härte zuckte, als sich Lana das Flanellhemd von den Schultern streifte und es beiseiteschob. Das feurige Lodern seiner Augen strahlte Macht aus, aber als sein Blick ihre Augen erreichte, fühlte er sich wie die sanfte Berührung von Kerzenlicht an.

Und als Tyler den prachtvollen Körper faltete, um sich auf allen vieren über ihren sehnsüchtigen Leib zu senken, löste sie sich förmlich auf. Sie streckte die Arme über den Kopf, wölbte den Rücken durch und ließ die Knie zu den Seiten klappen – und alles, noch bevor er sie auch nur berührt hatte. Dann verschränkte er die Finger mit ihren und drückte sie, als wollte er ein Versprechen abgeben.

Ich werde dich lieben, Frau, besagte seine Berührung, *wie ich noch nie jemanden geliebt habe.*

Kapitel 8

Tyler stellte das Denken ein und gab sich den herrlichen Empfindungen hin, die ihn umfingen. Das Pflichtgefühl war unter dem Ansturm der Lust gefallen, und seine Zurückhaltung glich nur noch einem Scherbenhaufen. Doch so sehr er sich bemühte, er konnte keine Schuldgefühle deswegen aufbringen. Lana gehörte zu ihm. Jede feurige Berührung, jedes Flattern seines Herzens bestätigte das.

„So schön", murmelte sie und bestärkte ihn in seiner Überzeugung.

Allein, auf Lanas Bauch zu liegen, nachdem er sie geschmeckt hatte, bescherte ihm einen regelrechten Rausch. Das Gefühl ihres sich hebenden und senkenden Brustkorbs ließ ihn gemütlich jedwedem Ende entgegensteuern, das sich das Schicksal für sie ausgedacht haben mochte. Das sanfte Spiel ihrer Finger auf seinem Rücken, bei dem sie die eine oder andere Narbe nachzeichnete, brachte ihn beinah zum Vibrieren. Er gab ihr dreißig Sekunden. Und in Wirklichkeit brauchte er sie selbst. Dreißig Sekunden, um ihren erfüllenden Geschmack zu verinnerlichen und die verstreuten Scherben seines Geists aufzuklauben.

Er sah ihr in die Augen und bewunderte, wie sie seinem Blick begegnete und ihm ihre Bedürfnisse übermittelte. Tyler wusste, dass sich die Gefährlichkeit in seinen Augen verstärkte, wenn er erregt wurde – ob vor Zorn oder Leidenschaft. Jede seiner bisherigen Geliebten hatte fest die Lider geschlossen und ihre Seele vor ihm abgeschirmt. Aber Lana ließ die himmelblauen Augen weit geöffnet und wirkte vollkommen entspannt. Mehr noch, sie sah ihn voll Verwunderung und Verheißung an. Ihr Blick versprach mehr als nur eine Nacht und mehr als nur körperliches Vergnügen.

Ich hab's dir ja gesagt, tadelte sein Wolf ihn. *Sie kann uns verkraften. Sie kann dem Feuer in unseren Augen standhalten.*

Tyler hoffte inständig, dass es stimmte, denn er konnte sich nicht länger zurückhalten.

„Kommst du?", scherzte Lana und zog an seinen Schultern.

Verdammt, ja, rief sein Wolf.

Er wollte diesen friedlichen Moment ausdehnen, doch Lanas Brustwarzen schoben sich seinen Lippen entgegen. Er konnte sie beinah schon schmecken. Als er schließlich den Mund über sie stülpte, schnappte sie nach Luft, und seine Männlichkeit schwoll noch härter an. Seine Lippen krümmten sich zu einem zufriedenen Lächeln, während sie Lana weiter reizten. Wann hatte ihn die Reaktion einer Frau auf seine Berührungen je so fasziniert? Noch nie.

Hoppla. Er musste es laut ausgesprochen haben, denn Lana zog eine Augenbraue hoch und schaute zu ihm auf.

„Ich habe noch nie zuvor jemanden wie dich getroffen", gestand er.

Niemals. Sein Wolf grinste. Er wusste bereits, dass dieses Wort in dieser Nacht noch reichlich benutzt werden würde.

Lana kicherte, und ihre Augen besagten: *Komm und finde mehr über mich heraus, Wolf.*

Mit einer Hand in ihren Fingern verschlungen und der anderen neben ihrem Kopf abgestützt fühlte er sich zugleich groß, leicht und mächtig. Auch sie besaß Macht, wenn auch einer subtileren Art. Ihr Unterleib bewegte sich verführerisch unter ihm. Ihre Hüften hoben sich, erzwangen Körperkontakt. Die Hitze, die sich in ihm aufbaute, schoss erneut in ungeahnte Höhen empor.

Nur allzu oft schlichen seine Rudelkameraden um ihn herum und achteten auf jedes Wort, jede Geste. Lana verhielt sich so erfrischend direkt und ehrlich. Überhaupt nicht eingeschüchtert von ihm.

Und nun löste sie sich unter seiner Berührung förmlich auf. Ein zufriedenes Grollen bildete sich in seiner Brust. Seinem inneren Wolf gefiel verdammt gut, was er sah. Er hatte ihr einen Höhepunkt beschert, der alle bisherigen in den Schatten gestellt hatte. Nun würde er ihr einen weiteren liefern, danach noch einen, und jedes Mal würde er die Messlatte höher legen.

Mit einem Stoß der Hüften tauchte er so schnell und mühelos in sie ein, dass er beinah das Gleichgewicht verlor. Als wären sie eigens füreinander geschaffen. Ihre inneren Muskeln weiteten sich, um ihn in Empfang zu nehmen, bevor sie sich fest um ihn zusammenzogen. Sie war voll bei der Sache und ganz sein, genau, wie er ganz ihr gehörte.

Tyler zog sich zurück, umspielte ihre Pforte und glitt schließlich wieder in sie. Ihr Stöhnen erregte ihn ebenso sehr wie das Pulsieren in ihrem Innersten. Als er sich das nächste Mal zurückzog, wölbte sie sich nach oben und rollte ihn herum. Tyler fand sich auf dem Rücken wieder und blinzelte den Sternen entgegen, als Lana plötzlich mit verruchter Miene über ihm schwebte.

Kommst du damit zurecht, Alpha? Kommst du mit mir zurecht?

Er wollte sich zurückrollen und erwidern, dass er es könnte, aber gerade keine Lust dazu hatte, als... *Oha.* Sein Gedankengang wurde jäh unterbrochen, als sie das Haar zurückschnippte und über seiner prallen Härte in Stellung ging.

Na schön, vielleicht war er doch bereit, Lana ihren Willen zu lassen, wenn auch nur kurz.

Sie verlagerte die Hüften und glitt langsam, genüsslich über seine harte Länge. Er schloss die Augen, als sich seiner Kehle ein leises Stöhnen entrang. Seine Hände wanderten zu ihren Hüften und zogen sie näher. Sie hob sich von ihm und senkte sich ein zweites Mal auf ihn, dann ein pulsierendes drittes Mal. Als er die Augen einen Spalt öffnete, hatte Lana die ihren vor Konzentration halb geschlossen. Sie murmelte seinen Namen, dann schwang sie die Arme nach hinten und lehnte sich mit einer anmutigen Wölbung des Rückens zurück. Der Anblick ihrer Nippel mitten vor ihm schlug einen neuen Akkord in ihm an. Ihre kleinen, aber geschmeidigen und vor Verlangen prallen Brüste schaukelten, während Lana weiter die Hüften wiegte. Ihre feuchte Mitte zog ihn tiefer und tiefer in sich, während sie gegen ein kehliges Stöhnen der Lust ankämpfte.

Allein das genügte, um einen völlig neuen Akkord der Lust in ihm anzuschlagen.

„Ja... ja...“ Leise keuchte sie vor sich hin.

Sein Daumen wanderte die Sehne an ihrer Hüfte entlang, bis er ihren Kitzler erreichte und berührte. Er wartete auf ihre Reaktion. Da. Ihre Augen weiteten sich, als sich ihr ein spitzer Aufschrei entrang und sie sich nach vorn wölbte, bis sich die Rippen unter ihrer glatten Haut abzeichneten. Ihre blauen, zu Schlitzen verengten Augen blickten tief in die seinen.

Sieh nur, was du mit mir machst, Cowboy.

Sieh nur, was du mit mir machst, Frau, hätte er beinah erwidert.

Tyler wartete einen weiteren von Lanas süßen Schreien ab, dann zog er sie an sich und spannte den Körper an, um sie beide herumzurollen. Genug der ungeplanten Änderungen an seiner Vorgehensweise. Er war bereit für das Hauptereignis. Sie blieben während des Stellungswechsels ineinander verschlungen, und als er sich vollzogen hatte, drang Tyler mit seinem vollen Gewicht in sie ein.

„Tyler...“ Stöhnend kratzte sie mit den Nägeln über seinen Rücken.

Er dachte, er hätte vielleicht zu spät gehandelt und sie wäre zu früh gekommen, doch Lana hielt durch, während er wieder und wieder in sie stieß. Sein Herz vollführte einen Satz und wollte ihr alles auf einmal geben. Hart und schnell – so hatte sie es gewollt, oder? Wie ihr Atem zwischen jedem Schnappen nach Luft stockte, verriet ihm, dass er es genau richtig hinbekam.

Hart und schnell. Sein Wolf heulte vor Freude, sowohl über die eigene Ekstase als auch über ihre. Das Grollen in ihm schwoll zu einem Brüllen an, das sich steigerte, bis er sich mit einem rauen Stöhnen in sie ergoss. Tyler ritt die Welle des Höhepunkts, so lang er konnte. Seine Stimme untermalte dabei ihre hohen Schreie, bis sie beide nur noch flüsterten.

„So schön“, murmelte Lana wieder und wieder.

Tyler hörte die Insekten ihren Auftritt bejubeln und die Sterne zustimmend singen. Langsam schwebten ihre Körper vom gemeinsamen Höhepunkt zurück in die Wirklichkeit.

Schwer atmend und schwitzend sanken sie ineinander verschlungen nieder, und ihr vermischter Moschusgeruch verbreitete sich in die Nacht.

Tyler wartete darauf, dass die Blase platzte und die Realität sie einholte. Und rechnete weiterhin damit, denn so tiefreichende, wohlige Zufriedenheit konnte nicht von Dauer sein. Aber das Hochgefühl weigerte sich, zu verblassen. Statt sich zu unangenehmer Stille zu verflüchtigen, nahm es neue Gestalt an – eine sanfte, schimmernde Wärme wie die Glut in einem Kamin. Er zog Lana näher zu sich und hörte seinen inneren Wolf seufzen.

Vielleicht war das kein Ende. Vielleicht war es erst der Anfang.

∞∞∞∞

Tyler beobachtete, wie sich Lana rührte, während sie dicht an seinen Körper geschmiegt Sterne betrachtete. Sie war ihm so nah, von Angesicht zu Angesicht, dass er sich wie eine natürliche Verlängerung von ihr fühlte.

„Ich glaube, ich muss meine Skala neu kalibrieren." Ihre Lippen verzogen sich zu einem Ausdruck zwischen schüchtern und sinnlich. „Die Typen, denen ich vorher eine Acht und Neun gegeben habe, kommen mir jetzt mehr wie eine Fünf vor. Vielleicht auch eine Vier."

Tyler gefiel zwar nicht die Vorstellung, dass sie mit jemand anderem zusammen gewesen war, aber das Kompliment – tja, der Teil gefiel ihm sehr. Und er sah es umgekehrt genauso.

„Oder vielleicht schmecken verbotene Früchte einfach am besten", flüsterte sie, und ihre Stimmung trübte sich.

Das lassen wir jetzt lieber. Er drückte sie fest an sich und ließ den Blick die Seiten des Wagens entlangwandern. „Du verdienst etwas Besseres als das hier."

Besser als das hier? Lana schmiegte die Wange an seinen Hals. *Geht gar nicht.*

Er musste lächeln. „Doch, und ob. Warte nur, bis ich dich in ein Bett bekomme." Was als Kichern begann, endete als

Flüstern, als ihm eine Erkenntnis dämmerte. Sie hatte die Worte nur gedacht, nicht laut ausgesprochen.

Jäh hob Lana den Kopf und zog die Augenbrauen zusammen. *Oh Mann, kannst du wirklich meine Gedanken hören?*

Manchmal, antwortete er und beobachtete, wie ihr Mund aufklappte.

Geschwister und Rudelkameraden konnten gegenseitig ihre Gedanken hören. Aber bei zwei fast Fremden sollte das eigentlich nicht möglich sein. Trotzdem hörten Lana und er einander klar und deutlich.

Bevor er diese so unwahrscheinliche Tatsache analysieren konnte, drängte sich ein Geräusch in seine Sinne. Er schaute vorbei an den weichen Erhebungen ihrer Brüste und den straffen Linien ihres Bauchs, der sich in Schattierungen von Mitternachtsgrau abzeichnete.

„Was ist?"

Er bedeutete ihr, zu schweigen, und er lauschte. Scheinwerfer schnitten durch die Dunkelheit. Aus der Ferne kämpfte sich ein Pick-up durch das Gelände.

„Cody." Stöhnend setzte sich Tyler auf. Er half Lana hoch und wickelte zum zweiten Mal in dieser Nacht sein Flanellhemd um ihren nackten Körper.

„Können wir irgendwohin?", fragte sie einen Millimeter von seinen Lippen entfernt.

Er schaute an ihr vorbei über die Hügel. Es gab einen Ort. Sein persönliches Versteck. Dorthin hatte er noch nie zuvor eine Frau mitgenommen. Diese Regel stand in Stein gemeißelt.

Aber ein Blick auf Lana genügte, um den Stein bröckeln und zu Staub zerfallen zu lassen.

∞∞∞∞

Mittlerweile angezogen holperten sie wieder die Straße entlang, bevor Cody zu ihnen aufschließen konnte. Lust pulsierte in Tylers Adern, während der Pick-up über die Schotterstraße rollte. Geduld brachte er nur deshalb auf, weil er wusste, dass er Lana bald wieder haben würde. Denn diese Frau würde er nicht gehen lassen. Nicht in dieser Nacht. Noch viele Nächte lang nicht, wenn es irgendwie möglich wäre. Pfeif auf die Familien. Pfeif auf die Blutlinie. Sein Vater, ihr Vater – was konnten sie in Wirklichkeit schon tun?

Er hatte auch nicht vor, Lana zu verstecken. Das wäre inzwischen sowieso unmöglich. Sein Duft haftete überall an ihr. Also würde jeder Bescheid wissen. Und wenn schon.

Sein Auge zuckte beim Gedanken an die bevorstehende Rückkehr seines Vaters.

Wenn je ein Dixon einen Fuß auf das Gelände setzt...

Lana rieb sich mit der Hand den nackten Oberschenkel und lehnte sich mit einem Lächeln zurück, das besagte, dass sie gerade eine schwelende Erinnerung auskostete.

„Du bist sehr gründlich. Hast mich anständig mit deinem Duft überzogen, Alpha."

Verdammt, daran musste er sich erst gewöhnen. Eine Frau, die *seine* Gedanken las? Tyler kämpfte gegen das Grinsen an, das sich auf seinen Lippen ausbreiten wollte. Die Vorstellung hatte ihren eigenen verrückten Reiz.

Er begegnete ihrem Blick. Die stete Ruhe in ihren Augen empfand er als Balsam für seine aufgewühlte Seele. Sein Wolf hatte recht. Sie war ihm gewachsen. Er hatte die eine Frau getroffen, die ihn bändigen, ihm zur Seite stehen konnte...

Eine Schlange kroch über die Straße. Tyler wich ihr mit einem Ruck am Lenkrad aus. Fest entschlossen, nichts diese herrliche Nacht ruinieren zu lassen, schüttelte er das von dem Tier ausgelöste Gefühl des Unbehagens ab.

„Es ist so schön hier", murmelte Lana, als Mesquiten und Kiefern an ihnen vorbeizogen und ihr zuzuwinken schienen wie einer königlichen Besucherin.

Sie lächelte zurück, als würde sie ihnen versprechen, bald wiederzukommen und sie alle einzeln kennenzulernen. Sein Blick wanderte über die Landschaft und versuchte, sie aus ihrer Perspektive zu sehen. Was hielt sie von der Yucca, die wie eine Vogelscheuche aus dem Boden ragte? Oder von dem Walnussbaum mit der zerklüfteten Rinde, die dort drüben Wache stand? Auf ihn hatte die Wüste trotz ihrer rauen Kanten immer eine beruhigende Wirkung gehabt. Wie ein Zuhause.

Lanas nächste Äußerung fühlte sich beinah wie ein Peitschenhieb an.

„Die Gegend hat sich kein bisschen verändert."

Tyler biss sich auf die Unterlippe. Er brauchte zwei Anläufe, um die Worte herauszubekommen. „Wie meinst du das?"

„Ich dachte, es würde sich etwas verändert haben, seit ich das letzte Mal hier war. Hat es aber nicht. Alles ist so friedlich."

„Du warst schon mal hier? Wann?"

„Das muss... im Mai gewesen sein. Vor zwölf Jahren? Oder Dreizehn?" Lana verstummte kurz und durchforstete ihr Gedächtnis. „Das Jahr, in dem das Pumpenhaus niedergebrannt ist. Ich erinnere mich noch daran, dass alle darüber geredet haben." Während sie ihn eingehend musterte, spielten sich geheime Gedanke hinter diesen Augen ab. „Wie kommt es, dass wir uns damals nicht begegnet sind?"

Seine Gedanken rotierten wild. Wo war er im Mai jenes Jahres gewesen? Eine düstere Erinnerung regte sich und verschwand wieder, als Lanas Blick jäh zur linken Seite der Straße schnellte.

„Hrmpf", brummte sie plötzlich abgelenkt. „Was habt ihr da oben?"

„Wo?"

Sie zeigte eine Schlucht entlang.

„Da ist nur Gebüsch", versicherte er ihr und kramte wieder nach jener Erinnerung.

„Ich habe etwas gesehen. Vielleicht Müll?"

Tyler schnaubte. „Da draußen ist nichts."

Er spürte, wie sie den Körper anspannte, weil er ihre Beobachtung so überheblich abtat. Mist. Ein genauso schlimmer Fehltritt wie am Flughafen, als er ihr das Gepäck geradezu aus der Hand gerissen hatte. Warum bekam er es einfach nicht richtig hin?

Lana drehte den Kopf hin und her, während sie weiterfuhren. Offenbar würde sie sich nicht ausreden lassen, dass sie in dem schwarzen Streifen der Landschaft irgendetwas gesichtet hatte. Aber ehrlich, was konnte dort schon sein?

Andererseits: Was, wenn sie recht hatte? Als Lana ihm eine Hand auf den Arm legte, hielt er den Pick-up an und drehte sich ihr zu. Lana hielt seinem Blick hartnäckig stand, und sein Wolf rührte sich wieder.

Sieh sie dir an! Sie blinzelt nicht mal!

Ihre blauen Augen wirkten völlig unbeirrt. Nur ihr leicht schiefgelegter Kopf verriet, dass ihr nicht gefiel, was sie dort in den Hügeln erspäht hatte.

Er legte den Rückwärtsgang ein und setzte den Pick-up in Bewegung. Wenn Lana so sicher war, dass etwas nicht stimmte, sollte er dem besser auf den Grund gehen.

„Wo?"

Sie beugte sich über seinen Körper und blickte suchend durch das Fenster auf seiner Seite. Einen Moment lang nahm er nur ihren reinen, blumigen Duft wahr. Er schlang einen Arm um ihre Taille und zog sie näher zu sich, streckt ihr die Lippen entgegen. Und er hätte sich wohl wieder in ihrem Körper verloren, wäre nicht Codys Wagen in dem Moment hinter ihnen eingetroffen.

Tyler schüttelte sich leicht, löste sich von Lana und schaltete den Motor aus. Wenn es nur genauso einfach wäre, seinen rasenden Puls zu beruhigen.

„Da oben." Lana zeigte hin.

Das Licht von Codys Scheinwerfern erhellte die Kabine, und Tyler stieg aus. Eine Tür wurde zugeschlagen. Sein Bruder stellte sich zu ihm und betrachtete schweigend mit ihm die Hügel.

„Was ist?", fragte Cody schließlich.

„Lana hat da vorn etwas gesehen", antwortete Tyler, als sie an seine Seite trat und seinem Bruder grüßend zunickte.

Cody musste bemerkt haben, wie Tyler einen Arm um ihre Taille schlang, als wollte er sie nicht nur für diese Nacht, sondern für immer festhalten, denn plötzlich übermittelte er Tyler aufgeregt seine Zweifel.

Du weißt, wer sie ist, begann Cody. *Bist du verrückt?*

Den Rest konnte sich Tyler vorstellen. Es war eine Sache, sich für eine Nacht mit einer Frau zu vergnügen. Aber die Vorstellung, sie zu behalten? Und dann nicht irgendeine Frau, sondern eine Dixon? Er hätte Cody nie von der Fehde erzählen sollen.

Du spielst mit dem Feuer. Dad wird dir bei lebendigem Leib die Haut...

Tyler drückte seinem Bruder die Hand gegen die Brust und ließ seine Augen aufflammen, bis Cody resignierend die Hände hob.

Lana verkörperte keine Wahl, sondern eine Notwendigkeit. Das wusste Tyler inzwischen. Hier ging es nicht um Vergnügen oder einen flüchtigen Kick. Er brauchte sie. Lana musste ein Teil von ihm werden. Das bewies allein die Tatsache, dass sie gegenseitig ihre Gedanken klar und deutlich hören konnten.

Lana war keine Außenstehende. Sie gehörte hierher, zu ihm.

Das Verlangen, sie zu besitzen, verzehrte ihn geradezu. Das bewirkte bei einem Wolf ausschließlich der Paarungsruf. Andererseits hatte er schon einmal gedacht, er hätte jenen Ruf gehört. Vor langer Zeit, als er jenen Phantomgeruch im Wind aufgeschnappt hatte.

Die Stimme der Zweifel kehrte zurück. Vielleicht machte er sich etwas vor und ließ sich von einer heißen Nacht hinreißen. Aber er würde durchdrehen, wenn er versuchte, aus allem in dieser einen Nacht schlau zu werden. Außerdem stand im Moment etwas Dringenderes an. Er setzte sich die Schlucht entlang in Bewegung, dicht gefolgt von Cody und Lana. Sie bewegten sich um die hundert Meter bergauf über den losen Untergrund und bahnten sich einen Weg vorbei an Rotangpalmen. Schließlich blieb Tyler stehen und sah sich um, während Lana höher stieg. Cody hatte recht. Da war nichts.

„Da oben", rief Lana.

Mit sechs langen Schritten schloss Tyler zu ihr auf. Knapp hinter ihm folgte Cody, der Skepsis ausstrahlte.

„Da." Lana zeigte hin.

Wie sie das Glitzern von zerbrochenem Glas so weit unten auf der Straße bemerkt hatte, konnte sich Tyler nicht vorstellen. Jedenfalls erfasste ihn ein Anflug von stillem Stolz, als Cody verblüfft hinstarrte.

Mann, ist sie gut.

Mein, gab Tyler knurrend zurück.

Cody hob die Hände. *Schon klar!*

Zerbrochene Bierflaschen übersäten den Boden. Lana wich den Scherben leichtfüßig aus und betrachtete eine höhergelegenen Stelle. Murmelnd trat sie den Weg den steilen Hang hinauf an. Da sie sich dabei vorbeugen musste, bedeckte das Flanellhemd kaum ihren Prachthintern. Tyler feuerte in Gedanken eine barsche Ermahnung an seinen Bruder ab, und Cody schaute schnell weg.

„Hier", rief Lana.

Als er ihr den Hang hinauf folgte, stieg ihm der Geruch von Asche in die Nase, noch bevor seine Augen die Überreste eines Lagerfeuers entdeckten. Der Aschegeruch überdeckte den von getrocknetem Blut. Tyler betrachtete die Stelle, bis die Augen ihm bestätigten, was die Nase bereits angekündigt hatte. Dort lag ein Haufen trockener Schafsknochen, an denen noch verfilzte Wollreste klebten. Die Stelle hatte als vorübergehendes Lager gedient.

Tyler wechselte einen Blick mit Cody. Die abtrünnigen Kojoten. Es musste so sein.

Lana rümpfte die Nase, wahrscheinlich nicht nur wegen des Geruchs, sondern auch wegen Erinnerungen an den Kampf, von dem sie Narben davongetragen hatte.

„Vielleicht drei Tage alt?"

Nah dran. Eher zwei. Die Wüste arbeitete schnell.

„Was meinst du?", fragte Cody. „Vier? Fünf?"

Tyler nickte nur vage. „Genug, um Ärger zu machen."

Großen Ärger, pflichtete Cody ihm bei.

„Ungefähr so alt wie die toten Schafe in der Nähe der Straße, richtig?" Lana deutete in die Richtung, in der sie die Männer von der Seymour Ranch getroffen hatten. Wieder breitete sich Stolz in Tyler aus. Er beobachtete, wie Lana auf verschiedene Stellen des Lagerplatzes zeigte und rekonstruierte, was sich hier abgespielt haben musste. „Sie haben also hier angehalten und sich satt gegessen. Und dann?" Ihr Blick wanderte von Tyler zu Cody und wieder zurück.

Dieselbe Frage stellte auch er sich. Wo steckten sie jetzt? Wo würden sie als Nächstes zuschlagen?

„Die Spur ist noch recht frisch." Lana trat gegen die Erde und schnupperte, als spielte sie mit dem Gedanken, ihr selbst zu folgen. „Habt ihr einen guten Fährtensucher auf der Ranch?"

Tyler nickte. Sie hatten sogar mehrere. Zum einen Kyle. Zum anderen Lance, doch der war immer noch mit seiner Gefährtin zur Jagd unterwegs. Einen Moment lang wünschte Tyler, er könnte der Spur der Abtrünnigen selbst folgen. Auch er war ein guter Fährtensucher – ein verdammt guter. Aber als Alpha konnte er das nicht mehr tun. Er musste delegieren, auch wenn er wünschte, er könnte alles selbst erledigen. Im Augenblick wollte er sich nichts mehr, als der Spur zu folgen und die Abtrünnigen in Stücke zu reißen. Wegen unerlaubten Betretens des Rudelgebiets, ganz zu schweigen von der Störung seiner Nacht mit Lana.

Lana. Er wollte sie schon wieder. Aber er hatte Pflichten zu erfüllen...

Plötzlich ging ihm durch den Kopf, womit ihm seine Schwester Tina schon seit Jahren in den Ohren lag.

Übertrag Cody mehr Verantwortung. Wir führen das Rudel als Familie an.

Im Mondlicht musterte er seinen Bruder. War er endlich reif genug, dass man ihm vertrauen konnte?

Lana lief umher, suchte nach weiteren Hinweisen. Unter dem Flanellhemd ragten ihre langen nackten Beine hervor. Tyler ertappte sich dabei, ein bisschen zu lange und zu genau hinzuschauen. Innerlich kniff er sich. Im Augenblick ließ er sich von einer Frau ablenken, während ausgerechnet Cody hochkonzentriert wirkte.

Dann überlass es Cody.

Die Abtrünnigen würden wieder zuschlagen, allerdings nicht in dieser Nacht. Das lag in der Luft. Er konnte es sich leisten, sich den Rest der Nacht frei zu nehmen.

„Cody kümmert sich darum", verkündete er.

Die Augen seines Bruders wurden groß. *Wirklich?*

Tyler erteilte seine Anweisungen schnell und so deutlich, dass selbst sein kleiner Bruder sie nicht vermasseln konnte. „Fahr nach Hause und verdopple die Nachtwache. Beim ersten Tageslicht trommelst du die Fährtensucher zusammen. Verstanden?"

„Ja, klar, hab's kapiert." Im Laufschritt brach Cody zurück
zu seinem Wagen auf.

Tyler war Hitze in die Wangen gestiegen, während er die
Befehle erteilt hatte. Der Gedanke an Unbefugte auf dem Ge-
biet der Ranch, selbst hier an den Rändern, löste Wut in ihm
aus. Aber als er Lana an seine Seite zog, schlugen seine Empfindungen von Wut in Verlangen um. Sie beide waren für die
Nacht noch nicht fertig miteinander. Nicht mal annähernd.

$$Kapitel\ 9$$

Die Welt neigte sich zur Seite, und Tyler versuchte nicht mal, sich festzuhalten.

Er beobachtete, wie Cody begleitet von einer blassen Staubwolke davonbrauste. Vorfreude und das herrliche Gefühl, die Pflicht abgegeben zu haben, und sei es nur für eine Nacht, tänzelten in Tyler, als er und Lana wieder in den Truck stiegen und die Fahrt fortsetzten. Wenige Minuten später bog er von der Hauptstrecke ab und legte einen niedrigen Gang ein, um den Wagen über den rauen, serpentinenreichen Weg hinaufzulenken. Würde ihr seine Hütte in den Hügeln gefallen? Würde sie sich dort zu Hause fühlen?

Der Gedanke entlockte seinem Wolf ausgelassenes Gelächter. Dazwischen zog er ihn mit etwas über einen eingefleischten Junggesellen auf, der sich schwer verknallt hatte.

Auf wessen Seite stand das Tier eigentlich? *Wenn du mitmachen willst, dann sei gefälligst nett.*

Prompt verstummte der Wolf.

Lana streichelte seinen Arm und entfachte damit ein beruhigendes, warmes Kribbeln in seinem Körper. Er hatte nicht bemerkt, wie sehr er sich versteift hatte, bis ihre Berührungen ihn lockerten. So sehr, dass sein Verstand erneut in Lust abdriftete.

„Wenn du mich weiter so berührst, findest du dich noch mal auf der Ladefläche des Pick-ups wieder." Seine Stimme klang wie Kies, der auf dem Grund eines Gebirgsbachs wirbelte, aber Lana lächelte nur. „Oder gleich hier", fügte er hinzu und schüttelte den Kopf über sich selbst, während seine Hände am Lenkrad nach einer trockenen Stelle suchten.

Lana legte voll stummer Belustigung den Kopf in den Nacken. *Ist das ein Versprechen?*

Ja, sie wusste genau, wo sie ihn hatte, und es gefiel ihr.

Als sie das Ende des Wegs erreichten, brachte er den Pickup mit der Stoßstange an einer Buschreihe zum Stehen. Mit einem Seufzen dachte er daran, wie lange er schon nicht mehr dort oben gewesen war. In letzter Zeit hatte es auf der Ranch zu viele zu löschende Krisenherde gegeben. Je eher er das Problem mit den Abtrünnigen beseitigte, desto eher würden Lana und er Zeit für weitere Nächte hier oben haben. Mehr Zeit füreinander.

Der Wagen schaukelte noch leicht auf der Radaufhängung, als sie sich ihm mit einer Frage in den Augen zudrehte.

„Den Rest des Wegs müssen wir zu Fuß gehen", sagte er. „Ist aber nicht sehr weit." Und dennoch nicht nah genug für seinen Appetit.

Verdammt. Er schluckte. *Sie muss wohl wirklich meine Gedanken lesen.* Denn Lanas Hand wanderte zum obersten Knopf ihres Hemds – äh, seines Hemds. Die Bewegung wirke alles andere als unschuldig. Gemächlich öffnete sie erst diesen Knopf, dann den nächsten. Seine Lippen kribbelten vor Verlangen, während seine Augen ihren Fingern folgten. Dann stieg sie auf der Beifahrerseite aus und blieb draußen stehen. Das breite V an ihrem Hals ließ eine Andeutung der Erhebungen ihrer Brüste erkennen. Mit einer eleganten Bewegung steifte sie das Hemd ab und warf es in die Kabine.

Wumm machte sein Herz, und der Nachhall breitete sich bis in seine Leistengegend aus. Nackt wie zu Beginn dieser verrückten Nacht stand Lana da und wartete auf ihn. Er zog sich das T-Shirt über den Kopf und schwang die Tür auf seiner Seite auf.

„Ich bin als Erste oben", rief sie grinsend.

Seine Kinnlade klappte auf, als er sah, wie sich ihr prachtvoller Hintern durch das Gebüsch entfernte. Tyler konnte hören, wie sich das Muster ihrer Schritte von zwei auf vier Beine veränderte. In Rekordzeit entledigte er sich der Hose und wechselte in Wolfsgestalt, folgte ihrem Beispiel.

Gestrüpp und Dornen zerrten an seinem dichten Fell, doch er spürte nur den Rausch der Hetzjagd. Vor Aufregung bleckte er die Zähne. Verdammt, konnte diese Wölfin rennen. Er donnerte hinter ihr her, gelangte aber erst in der letzten Kurve in Reichweite ihres braungrauen Hinterteils. Während er aufholte, pulsierte die Lust durch seinen Körper. Aber Lana wedelte nur mit dem Schwanz und vergrößerte den Vorsprung mit ein paar flinken Sätzen wieder.

Fang mich doch, wenn du kannst.

Sein Blutdruck schnellte höher, als er einen Zahn zulegte. Tyler dachte schon, sie könnte die Eingangsstufen wirklich vor ihm erreichen, als er endlich von hinten gegen sie stieß.

Erwischt. Er grinste triumphierend, obwohl er vermutete, dass es sich umgekehrt verhielt. Lana besaß die Gabe, irgendwie alles auf den Kopf zu stellen. Und tatsächlich, da war er: ein triumphierender Ausdruck in ihren blitzenden Augen. Sie hatte in letzter Minute abgebremst und ihn aufholen lassen. Sein männlicher Stolz wäre wesentlich schwerer verletzt gewesen, wenn er sich nicht bereits halb auf ihrem Rücken befunden hätte. Er hatte ihre Ohren in Reichweite seiner Schnauze, und einen Moment lang geriet er in Versuchung, sie nach Wolfsart zu nehmen. Es wäre so einfach, so gut.

Doch er zögerte. Diese Frau war so anders als alle, die er vor ihr je kennengelernt hatte. Verdiente sie nicht etwas Besseres als ein heißes, hartes Rammeln in der Dunkelheit?

Tyler rieb die Schnauze am Fell um ihren Hals. Die Spitzen ihrer Ohren fühlten sich seidig an den rauen Stoppeln seines Kinns an, und sie gab ein leichtes, freudiges Knurren von sich, spornte ihn mit einer Hüftbewegung an.

Verführerisch. Er geriet schwer in Versuchung. Aber er zauderte. Tyler wollte ihr so viel mehr bieten, und nicht nur in Form von körperlichen Freuden.

Also löste er sich von ihr und verwandele sich, richtete sich zu voller menschlicher Größe auf. Der Vorgang ging fließend und mühelos vonstatten, ein Zeichen der Zustimmung seines Wolfs. Die Frage war, was Lanas Wölfin davon hielt.

Mit angehaltenem Atem wartete er. Ihre langbeinige Wölfin fand er genauso verführerisch wie ihren menschlichen Körper, und sie vermittelte dasselbe Temperament. Rundum perfekt, vom Glanz des braunen Fells bis zum strahlenden Blau ihrer Augen. War er verrückt, dass er sich zurückhielt?

Doch es blieb die Tatsache, dass er alles von ihr wollte – die Frau und die Wölfin. Von Letzterer gingen ihre Instinkte und Begierden aus. Ihre menschliche Seite hingegen beherbergte ihren Verstand, ihr Herz, ihrer Prinzipien. Wenn er diese Frau für sich gewinnen wollte, würde er sich dieser Seite beweisen müssen.

Dass er sie überhaupt für sich gewinnen wollte, ihm tatsächlich so viel daran lag, verblüffte ihn, weil es sich so neuartig anfühlte. Es gab um die hundert Gründe, warum sie sich voneinander fernhalten sollten. Und doch wollte er nur mit ihr zusammen sein. Für immer.

Für immer, echote sein Wolf.

Tyler ging in die Hocke und streckte der Wölfin vorsichtig eine Hand entgegen, die Handfläche nach oben. Es gab eine Zeit, den Alpha hervorzukehren, und es gab eine Zeit, jemanden als gleichberechtigt zu behandeln. Tyler betete, dass ihm einfallen würde, wie es ging.

Lanas Augen blitzten auf, dann wurde der Ausdruck in ihnen milder, und sie stieß den Atem aus. Langsam verschwammen ihre Wolfszüge und wichen fließend ihrer menschlichen Gestalt, bis sie vor ihm auf dem Boden saß. Sie lehnte sich auf die Ellbogen zurück und betrachtete ihn, während sich ihr Haar über eine Schulter ergoss und ihre nackten Brüste unbedeckt ließ.

„Alpha." Das Knurren in ihrer leisen Stimme verriet, die sie ihr inneres Tier nur mühsam an der Leine halten konnte. „Du weist mich besser nicht noch einmal ab."

Eine Warnung, ein Protest. Ihre Pose jedoch war durch und durch aufreizend. Die angewinkelten Knie leicht gespreizt wie eine Einladung an ihn.

Gott, wie ihn ihr Schneid begeisterte. Mit hämmerndem Puls lehnte er sich ihr entgegen. „Wölfin", grollte er, „du wirst nie wieder an mir zweifeln."

Ein Lachen ging vibrierend durch ihren nackten Körper, und ihre Brüste – das einzige Weiche inmitten all der drahtigen

Muskeln und straffen Haut – bebten darunter. Der Anblick ließ Tylers Mannespracht mit einem lustvollen Zucken reagieren.

„Ach nein?", fragte sie neckisch, lehnte sich weiter zurück und verbreiterte den Platz zwischen ihren Beine für ihn.

Er senkte die Arme zu beiden Seiten ihres Körpers auf den Boden und näherte sich bis auf Haaresbreite ihren Lippen. „Nein."

„Niemals?", fragte sie mit funkelnden Augen, während sie die Beine an seine Seiten drückte.

„Niemals."

Die zwei Silben brachte er noch heraus, dann fiel er mit einem hungrigen Kuss über sie her. Forsch, besitzergreifend, fordernd, aber er konnte sich nicht zurückhalten. Der Wolf stand kurz davor, das Ruder zu übernehmen. Als Lana genauso leidenschaftlich dagegenhielt, verschwamm die dünne Linie zwischen Mensch und Wolf, und er senkte sie zu Boden, nahm ihren Körper unter seinem gefangen und zog ihr die Arme über den Kopf.

„Bist du sicher, dass du das willst?", fragte er, als er nach Luft schnappte. Ja, er erkundigte sich ein bisschen spät, aber er musste sich Gewissheit verschaffen.

„Wag es ja nicht, aufzuhören, Wolf", warnte sie und stürzte sich wieder auf seinen Mund.

Mit einer Hand hielt er Lanas Hände fest, die andere ließ er über ihren Körper wandern, bis sie die warme Erhebung ihres Busens ertastete. Tyler senkte das Kinn und folgte mit den Lippen demselben Weg, bis er sie über den rechten Nippel stülpte. Lanas Geruch, ihr Geschmack, wie sie sich anfühlte – er jagte allem abwechselnd nach. Sein Augenmerk sprang willkürlich dazwischen hin und her. Er schwenkte von einem Nippel zum anderen und knabberte gerade fest genug daran, um ihr einen Aufschrei zu entlocken, während ihr durchgewölbter Rücken nach mehr verlangte. Tyler fragte sich, wie lange er diesmal durchhalten könnte.

„Moment." Sie schob ihn weg und drehte sich um. Gleich darauf befand sie sich auf Händen und Knien, und er beugte sich von hinten über sie, strich mit den Fingern über ihre glatte weibliche Haut, die um sofortige Befriedigung bettelte.

„So", flüsterte sie mit einer Forderung in der Stimme.

Seine Hände wanderten über ihre Schulterblätter, dann folgte er dem Verlauf ihrer Rippen, bis seine Handflächen auf zwei Brüsten ruhten, die herrlich in sie passten. Sie waren das Einzige an Lana, das man unter Umständen als klein oder zierlich bezeichnen konnte – trotzdem waren sie wie der Rest von ihr perfekt.

Weiter kam der Verstand des Mannes nicht, bevor der Wolf das Kommando über den menschlichen Körper übernahm. Er knurrte direkt in Lanas Ohr – *Mein! Gefährtin!* –, zog ihre Hüften zu sich und glitt in sie.

Ein Teil von ihm wollte sich auf die Brust trommeln und brüllen, als er sich in ihr versenkte, sich zurückzog und erneut zustieß. *Mein!* Ein weiterer Rückzug, ein weiterer kräftiger Stoß. *Gefährtin!*

Er fand besseren Halt an ihrer Taille und stieß abermals in sie, heiß und herrlich tief. Sein Wolf nahm Lana hart ran, doch sie gab kein Zeichen des Protests von sich. Im Gegenteil, sie stemmte die Hüften dagegen und quittierte jeden seiner Stöße mit einem Stöhnen.

Ja, dröhnte ihre Stimme in seinem Kopf. *Für Zärtlichkeit ist später noch Zeit. Jetzt will ich es so. Genauso.*

Tyler zog sich zurück, bis seine Eichel an ihrer Pforte spielte. Einige Herzschläge lang quälte er sich selbst genauso sehr wie sie, bevor er wieder in sie tauchte. Sie fühlte sich so feucht und heiß an, und als er innehielt, um den Moment zu genießen, drückten ihn ihre inneren Muskeln so kraftvoll, dass sie ihn an die Grenze zum Höhepunkt trieben.

Lana lockerte die Umklammerung, gestattete ihm, sich zurückziehen, bis der Vorgang von vorn begann. Wieder und wieder versenkte er sich in ihr und aalte sich in den herrlichen Empfindungen. Jedes Mal schrie Lana euphorisch auf. Ihre Stimme klang in der trockenen Wüstenluft so hoch und süß.

„Tyler!"

Er selbst hielt den Mund, weil er sich davor fürchtete, was herausdringen könnte. *Lana* wäre ja noch in Ordnung. Aber was, wenn es etwas wie *Liebe* oder *Gefährtin* wäre? War er dazu bereit?

Ja! bestätigte sein Wolf begeistert. *Ja!*

Sie wiederholten die Bewegungen wieder und wieder, bis sie beide vor Ekstase vibrierten. Wenig später geriet das gleichmäßige Metronom außer Rand und Band, als die perfekt getaktete Lust von schierer, überwältigender Begierde überholt wurde. Mit einem letzten tiefen Stoß explodierte Tyler innerlich und riss Lana mit in einen freien Fall, den er nie beenden wollte.

„Wow", flüsterte sie, nachdem sie von ihrem gemeinsamen Höhenflug zurück auf die Erde gesunken waren und sich keuchend in den Armen lagen.

Die Zeit verschwamm, als hetzten die Gesetze der Physik dem hinterher, was sie gerade getan hatten. Auch sein Körper verschwamm. Er wurde von warm und träge zunehmend heißer, bis sein Wolf aus ihm hervordrang, weil er endlich selbst an die Reihe kommen wollte. Lana verwandelte sich ebenfalls und läutete eine zweite Runde mit einer weiteren wilden Verfolgungsjagd ein, die sie in weitem Bogen um den Hügel in Sichtweite der Hütte führte, wo Tyler sie schließlich einholte.

Als sie sich als Wölfe paarten, heulte jede Zelle seines Körpers vor Erregung. Noch nie hatte er es mit einer Frau in Menschengestalt und Wolfsgestalt getan, geschweige denn in der gleichen Nacht. Als Wolf konnte er bedenkenlos seine animalische Seite entfesseln. Dennoch fühlte sich richtig an, dass sie sich zuerst mit ihren menschlichen Körpern vereint hatten. Denn was sie taten, war mehr als eine Rammelei im Mondlicht. Es war ein Vorspiel zu etwas Größerem und Besserem. Die Wüste, die Nacht, die Sterne – sie alle lächelten mit demselben Versprechen auf sie herab.

Schließlich lagen Lana und Tyler ineinander verschlungen auf dem Boden und schmiegten die Hälse wie bei einem gemächlichen, intimen Tanz umeinander. Er verlor sich in ihr, ließ die Grenze zwischen ihren Körpern verschwimmen. Wölfe verstanden sich – Gott sei Dank – nicht gut auf Bettgeflüster, dafür umso meisterlicher darauf, nach dem Höhepunkt zu kuscheln.

Lana streichelte mehrere lange, träge Minuten sein Ohr und brachte ihn damit innerlich zum Schmelzen. Sie war unglaublich. Und sie gehörte ihm. Eigentlich hätte die Erkenntnis wie ein Projektil durch ihn fegen müssen. Stattdessen breitete sie sich langsam aus, als würde eine zum Leben erwachende Öllampe die Wahrheit nach und nach erhellen. Als wäre sie unvermeidlich, und als hätte er sie von Anfang an gekannt.

Denn mittlerweile war ihm alles klar.

Der Mai vor all den Jahren. In dem Jahr, in dem das Pumpenhaus niedergebrannt war. Damals hatte Lana die Ranch besucht. Wie oder warum, das wusste Tyler nicht. Entscheidend war das Datum. Damals hatte sein Vater ihn zum ersten Mal zu einem Hilferuf eines anderen Wolfsrudels mitgenommen. Vor zwölf Jahren.

Als er nach Hause gekommen war, hatte er den schwachen Hauch eines Geruchs im Wind wahrgenommen. Da hatte er das Herz an ein Phantom verloren – die Wölfin, deren Duft eine Verbindung versprach, wie sie nur zwischen vom Schicksal vorherbestimmten Gefährten möglich war.

Vor zwölf Jahren hatte Lana die Ranch besucht, war jedoch vor seiner Rückkehr abgereist.

Das Phantom und Lana waren ein und dieselbe.

Tyler vergrub das Gesicht an ihrem Hals und versuchte, sein inneres Zittern zu verbergen.

Kapitel 10

Tyler atmete lang und tief ein. Vor all den Jahren hatte er sich in Lana verliebt, ohne dem Duft auch nur ein Gesicht zuordnen zu können. In den letzten Tagen hatte sich das wiederholt. Und nun wusste er Bescheid. Es war von Anfang an sie gewesen. Lana, und nur sie.

Vielleicht war er doch kein so treuloser Mistkerl wie sein Vater.

Am liebsten hätte er vor Verärgerung über die eigene Dummheit den Schädel gegen den Boden gerammt. Wieso hatte er es nicht schon längst erkannt? Vielleicht, weil Lanas Duft damals so schwach gewesen war, überdeckt von tausend Wüstenblumen. Außerdem musste ihr Geruch mit der Zeit gereift sein.

Gereift. Sein Verstand klammerte sich an das Wort. Daran lag es. Damals musste Lana noch sehr jung gewesen sein. Genau wie Tyler. Unwillkürlich staunte er darüber, wie sich alles zusammenfügte. Das Schicksal hatte sie voreinander verborgen, bis sie beide bereit waren.

Bereit, dem Zorn seines Vaters die Stirn zu bieten? Tyler schlang den Körper fester um den von Lana. Ja, sogar das. Vor nicht allzu langer Zeit hatte er sich gegen die Wünsche seines Vaters gestellt und eine für ihn arrangierte Gefährtin verweigert. Seinen Vater dazu zu bringen, eine eingeschworene Feindin in das Rudel aufzunehmen, würde noch schwieriger werden. Aber die Belohnung dafür würde Tyler für immer bleiben. Er würde sich Lana nie wieder durch die Lappen gehen lassen. Niemals.

Sein Vater würde sich damit abfinden müssen. Es ging um Tylers Leben, sein Herz.

Kein Wunder, dass er nicht genug von Lana bekam. Er löschte nicht nur den Durst von ein paar Tagen, sondern Sehnsucht, die sich über ein Jahrzehnt erstreckt hatte, fand endlich Erlösung.

Ein behagliches Gefühl breitete sich wie in Zeitlupe über ihn aus. Zum ersten Mal seit einer Ewigkeit beschlich ihn das Gefühl, ein Lächeln vom Schicksal zu empfangen. Er wusste, schon bald würde Lana ihm erlauben, sie tief zu beißen und zu seiner Gefährtin zu machen – für immer. Wie er Lana kannte, würde sie umgekehrt schon ihren Biss für ihn parat haben. Sein Herz hüpfte vor Freude, als er sich ihr gemeinsames Leben ausmalte – mit ihr, die sein Herz und sein Zuhause erfüllen, immer mit einer beruhigenden Berührung und einem Lächeln zum Schüren des Feuers seiner Leidenschaft für ihn da sein würde. Mit ihr könnte er wirklich leben, statt nur dahinzuvegetieren.

Als sich Lana von ihm löste, stimmte er ein protestierendes Winseln an, bis sie ihn wieder berührte – auf einmal mit menschlichen Händen, die zart seine Ohren kraulten, vom dicken Ansatz bis hinauf zu den Spitzen.

„Das gefällt dir, hm?" Sie kicherte.

Er brummte wohlig und schaute zu ihrer nackten, vom Mondlicht erhellten Gestalt auf. Unzusammenhängende Worte schwirrten ihm durch den Kopf, Worte wie *Paradies*, *wunderschön* und *richtig*. Nicht, dass Worte eine Rolle spielten – Wölfe brauchte keine Poesie, um Liebe zu zelebrieren.

Lana bückte sich tief und blies ihm ins Ohr, dann stand sie und wartete auf der obersten Stufe zur Hütte auf ihn. „Kommst du, Cowboy?"

Das Mondlicht tünchte ihren nackten Körper in ein fahles, mystisches Licht. Hatte sie bereits erkannt, dass sie füreinander bestimmt waren?

Tyler wusste, dass er ihr von dem Phantom erzählen sollte, von der Zeit, die er mit der Suche nach ihr verbracht hatte. Er sollte ihr erklären, dass sie beide das Schicksal auf ihrer Seite hatten. Andererseits war es vielleicht nicht der richtige Zeitpunkt dafür, und Gott wusste, dass Reden ohnehin nicht zu seinen Stärken gehörte.

Nein, er würde ihr alles erzählen, sobald sie drinnen wären. Besser noch, er würde bis zum Sonnenaufgang warten. Auf einen neuen Tag, einen neuen Beginn. Ein neues, gemeinsames Leben. Die Einzelheiten würden sie noch früh genug zusammen hinbiegen.

Vorerst würde er loslassen und sich diesem herrlichen Fest der Sinne hingeben. Tyler streckte sich genüsslich als Wolf, die Hüften erhoben, die Schultern gesenkt. Dann verwandelte er sich zurück in menschliche Gestalt und ging auf die Veranda zu. Das flüchtige Aufblitzen von Schmerz bekam er kaum mit. Noch von einem Kribbeln erfüllt schmiegte er das Gesicht an Lanas Wange und seine Brust an ihren Busen. Paradies, ohne jeden Zweifel.

„Tut mir leid", murmelte er.

„Du entschuldigst dich?", fragte sie und wartete auf die Pointe.

Sein Kiefer arbeitete ein wenig, bis er die Worte fand. „Es sollte ja langsam sein und... was noch mal?"

Sie nahm sein Gesicht in beide Hände und küsste ihn innig. „Sinnlich", murmelte sie und veranschaulichte es mit der Zunge. Gott, konnte sie mit diesem Wort umgehen.

Langsam. Sinnlich.

Zum Teufel, den Versuch war es wert.

∞∞∞∞∞

Lana schwitzte trotz der Kühle der Nachtluft. Sie musste über sich schmunzeln. So viel dazu, sich nicht wie eine läufige Hündin zu verhalten.

Sie seufzte innerlich und äußerlich, während ihre Wölfin selbstgefällig nickte. *Na schön*, gestand sie dem Tier zu, *du hattest recht.* Hätte sie Tyler nicht gedrängt, wäre das alles vielleicht nie passiert.

Beinah hätte sie laut gekichert. Wie die meisten Wölfinnen hatte auch sie schon wilde Vollmondnächte hinter sich. Aber noch nie hatte sie etwas wie das hier erlebt. Zum einen hatte sie die beiden Seiten ihrer Persönlichkeit, Mensch und Wölfin, bisher immer streng voneinander getrennt. Mit Tyler hinge-

103

gen hatte sie nahtlos hin und her gewechselt. Mensch, Wölfin, Mensch. Bei ihm war es ein und dasselbe. Ihre Wölfin hatte früher nie etwas verlangt, das über körperliche Befriedigung hinausging. Nun jedoch heulte sie verrückte Balladen von Liebe und Zusammengehörigkeit – und Lanas menschliche Seite blies ins selbe Horn.

Sie stützte sich an einen dicken Balken der Hütte ab und blickte hinunter ins Tal. Die tiefe Veranda würde in der Hitze des Tags genauso einladend sein wie jetzt. Hier oben in den Hügeln wehte eine kräftigere Brise, und der Rest der Welt schien weit, weit weg zu sein.

Tyler trat dicht an sie heran, und sie konnte es kaum erwarten, ihn noch einmal zu haben. Auf ihr, in ihr. Überall. Jeder Quadratzentimeter ihres Körpers sehnte sich nach seinen Berührungen.

„Der Ort hier ist wunderschön", flüsterte sie an seinen Lippen.

„Du bist wunderschön."

Lana kicherte. „Du schnurrst, Wolf."

Er schüttelte den Kopf, und als er antwortete, hallte seine Stimme in ihrem Ohr wider. „Wölfe schnurren nicht."

„Dieser schon."

„Dann bist du es, die das bei mir bewirkt."

Zielstrebig küsste er sie, als würde er eine Wunschliste abarbeiten. Der nächste Kuss fiel inniger aus und versprach ausgedehnten Sex, bei dem kein Stein auf dem anderen bleiben würde.

Als hätten wir das nicht schon gemacht. Sie lachte innerlich. *Ist das eine Herausforderung?*

Lana wusste nicht recht, was sie mehr verblüffte – die Mühelosigkeit, mit der sie sich verständigten, oder das verspielte Funkeln in seinen Augen. Irgendwie hätte sie nie gedacht, dieses spezielle Adjektiv je mit Tyler in Verbindung zu bringen. Er? Verspielt?

Herausforderung angenommen, vermittelte er mit dem nächsten Kuss.

Er führte sie in die Hütte und setzte sie sanft auf dem großen Bett ab, dann entfernte er sich. Lana hörte, wie eine

Schublade geöffnet wurde, gefolgt vom Kratzen eines Streichholzes. Ein schwacher Schein flackerte über Tylers Wangen, dann züngelte eine bläuliche Flamme über den Docht einer Laterne. Lana erbebte, als er das Streichholz ausblies. Das Rund seines Munds jagte ein Kribbeln geradewegs in ihre Mitte. Verspielt beschrieb ihn im Augenblick nicht richtig. Sinnlich kam der Sache schon näher. Der Mann stand zu seinem Wort.

Die Laterne offenbarte eine kleine, schlichte Hütte. Über den offenen Dachsparren schienen schemenhafte Erinnerungen an vergangene Jahre zu schweben. Eine reine Männerhöhle, in der es keine weiblichen Gerüche gab. Keine Spur davon.

„Mein Bruder und ich haben die Hütte gebaut." Er kam mit der Laterne um das Bett herum.

Lana rollte sich zur Seite. Ihre Augen folgten ihm, gebannt sowohl von dem Licht als auch vom Anblick seines Körpers. Sie wollte ihn so markieren, wie er sie markiert hatte, sich an ihm reiben, bis man seinen Duft von ihrem nicht mehr unterscheiden könnte.

Tyler stellte die Laterne auf dem Nachttisch ab, dann legte er sich neben sie, richtete ihre beinah gleich großen Körper aneinander aus. Seine Augen sahen sie unter langen, dunklen Wimpern hervor an, die einen Gegensatz zu seinen raueren Kanten bildeten. Er begann langsam, indem er mit kreisenden Bewegungen ihre Schultern massierte, bis sie wohlig brummte.

„Für einen Wolf verstehst du dich verdammt gut auf Sinnlichkeit." Sie kämmte mit den Fingern durch sein Haar.

„Du bist die Definition von sinnlich", murmelte er und strich mit den Bartstoppeln über ihre Brust.

Lana verlor sich hoffnungslos in den Empfindungen. Aber ach, was fühlte es sich gut an. Pfeif auf die Sache mit der Fehde. Ihre Mutter war also irgendwann mit Tylers Vater zusammen gewesen. Schräg zwar, aber was sollte es? Jeder hatte eine Vergangenheit. Dass ihre Väter von Freunden zu erbitterten Feinden geworden waren, hatte nichts mit ihrer Liebe zu Tyler zu tun.

Ja, Liebe. Sie liebte ihn. Wie das möglich sein konnte, wusste sie nicht, aber die spezielle Chemie des Schicksals ließ sich nicht in einem Labor analysieren. Sie war einfach, wie sie war.

Wenn es so weit wäre, würden Tyler und sie seinem Vater zusammen gegenübertreten und ihm verdeutlichen, wie ernst sie es meinten.

Die Frage lautete: Würde der Mann zuhören? Und was war mit dem Rest des Rudels? Auf wessen Seite würden sich die anderen stellen?

Unbehaglich kreisten die Fragen durch ihren Kopf. Vielleicht griff sie zu weit vor. Immerhin hatte Tyler noch keinerlei Gefühle für sie bekundet. Vom Moment ihres ersten Kusses an war alles schneller und schneller aus dem Ruder gelaufen. So schnell, dass Lana fürchtete, das Schicksal könnte vielleicht nicht mithalten. Sie glich einer Passagierin in einem dahinrasenden Zug, der jeden Moment entgleisen konnte, und vom Lokführer fehlte jede Spur. Lana konnte sich während des wilden Ritts nur gut festhalten und hoffen, der aufgebaute Schwung würde sie durch jegliche Hindernisse pflügen lassen.

„Oh..." Sie stöhnte, als sich Tylers Lippen um ihren Nippel schlossen und ihre bangen Gedanken vertrieben.

Obwohl ihre Augen im Schein der Laterne nur gelblichgraue Schattierungen wahrnahmen, hatte sie sich noch nie so in Empfindungen aufgelöst gefühlt. Tylers Atem an ihrer Brust, die süße Berührung seiner Zunge. Sein kurzes, seidiges Haar zwischen ihren Fingern. Dem Mann blieb zusammen mit dem Duft von Salbei, Erde und Frische eine Spur des Wolfs erhalten. Lana wollte sich jeden Herzschlag dieser Nacht einprägen. Das Kitzeln, als er oben zwischen ihren Schenkeln ankam. Das berauschende Aufbranden der Lust, als seine Finger in sie glitten.

Langsam und sinnlich. Der Mann war ein Naturtalent.

Als sich ihre Körper schließlich vereinten, bewegten sie sich ohne Hast miteinander, als würden sie gemächlich lange Sommertage genießen. Sie wiegten sich im Takt, steigerten allmählich das Tempo und die Empfindungen, bis sie zusammen den bisher höchsten Gipfel der Ekstase erklommen. Keinen felsigen oder steilen wie bei ihren früheren Runden, eher eine sanfte, runde Kuppe, die einen Rundumblick bot – ein Panorama der Vergangenheit, der Gegenwart und sogar eine Andeutung auf eine verheißungsvolle Zukunft. Als sie beide mit demselben Atemzug kamen, stürzten sie vom Höhepunkt nicht blindlings in einen Abgrund der Ekstase, sondern schwebten sanft hinab in ein völlig neues Tal. In einen geheimen Garten Eden, den niemand außer ihnen betreten durfte.

Einen Ort wie ein Zuhause, an dem sich ihre Seelen zu einer vereinigten.

Danach streichelte sie Tylers Brust, bis sich die straffen Muskelstränge entspannten, als er eindöste. Mittlerweile herrschte tiefste Nacht. Der Mond stand im Westen am Himmel, noch Stunden davon entfernt, unterzugehen. Lana fühlte sich neben ihm so warm, so geborgen. Und doch hatte dieser Mann so viel mehr zu bieten als rohe, geballte Kraft. Er hatte ihr auch eine unglaublich zärtliche Seite gezeigt, sie noch lange nach dem Akt gestreichelt, was ihn genauso sehr zu beruhigen schien wie sie.

Lana ließ die Nacht Revue passieren und versuchte, sich ihrer Gefühle klar zu werden. Beim ersten Mal im Wagen hatte sich alles um Lust gedreht. Vor der Hütte – da ging es um den Nervenkitzel mit einer Prise Besessenheit. Aber diese letzte Runde? Dieser herrlich sanfte, seidige Sex? Das reichte tiefer.

Lana fragte sich, welche Emotionen sie noch durchlaufen würden, wenn sie so weitermachten. Bewunderung? Respekt? Liebe? Oder nur bittere Enttäuschung. Womöglich sogar Bedauern.

Sie stützte das Kinn auf Tylers Brust und beobachtete ihn beim Schlafen, während ihre Finger müßig die Konturen seiner Schulter nachfuhren. Sie wollte sich jede Einzelheit dieser wunderschönen Nacht ins Gedächtnis brennen. Nur für alle Fälle.

∞∞∞∞

Tyler schwebte durch die Nacht, so eng an Lana geschmiegt, als hätte sie jemand mit Klebstoff bestrichen und ihn dann an sie gedrückt. Nur hatte er es selbst getan, war zum Schöpfer der eigenen Zwickmühle geworden. Er wollte diesen kurzen Frieden genießen, diese Ruhe vor dem Sturm, doch etwas nagte selbst im Schlaf an ihm. Er versuchte, es wegzuwischen. Warum sollte er die perfekte Stelle verlassen, die er zwischen ihrer linken Brust und ihrer Hüfte gefunden hatte?

„Tyler, da kommt jemand." Lana stupste ihn. Ihre Muskeln wirkten angespannt.

Sein linkes Ohr zuckte beim Geräusch eines Motors. Dann ertönten das Quietschen von Bremsen, das Knarren eines Fahrgestells und das dumpfe Zuschlagen einer Tür. Langsam streckte er sich, bevor er sich abrupt aufsetzte und schnupperte. Hatte er wirklich so fest geschlafen, dass er nicht mitbekommen hatte, wie sich jemand näherte?

Als er abermals schnupperte, stieß er einen leisen Fluch aus. „Cody."

Warum der Trottel zur Hütte kam, um den herrlichsten Schlaf seines Lebens zu stören, war seinem benebelten Verstand ein Rätsel. Aber zwei Dinge standen für ihn im staubigen Rosa des Himmels kurz vor der Morgendämmerung sehr deutlich fest. Er würde diese Frau für immer behalten, und er würde seinen Bruder erwürgen.

Cody kam lautstark den Weg entlang, um sie vorzuwarnen, dann räusperte er sich geschlagene zwei Minuten lang auf der Treppe, bevor er endlich durch die offene Tür rief. „Äh, Tyler?"

Tyler ließ sein Knurren die stille Kabine ausfüllen. „Es ist besser verdammt wichtig."

„Ist es, ist es." Codys Stimme schien verhalten durch den Türrahmen hereinzuschleichen. „Tut mir leid!"

Sollte es auch. Tyler rollte sich von Lana weg und stemmte sich hoch. Er fühlte sich schwer und ausgelaugt. Rudelangelegenheiten. Ständig Rudelangelegenheiten. Langsam ging er zur Tür und lehnte sich müde mit der Schulter an den Rahmen.

Cody steckte die Hände so tief in die Taschen, als wollte er auch den Rest von sich darin vergraben. Ja, er merkte genau, wie sauer Tyler war. Gut.

Aber der Besuch seines Bruders konnte nichts Gutes verheißen. Tyler hob die Hand, um sich am Ohr zu kratzen, hielt jedoch auf halbem Weg inne, als er Lanas leise Schritte durch die Dielen vibrieren spürte. Er konnte ein Zucken nicht unterdrücken, als sich ihr nackter Körper von hinten an ihn schmiegte, beruhigend und neugierig zugleich. Sie verflocht die Finger mit seinen und gab ihnen etwas viel Besseres zu tun, als die eigene Haut zu malträtieren. Tyler verspürte einen neuen Rausch, der nichts damit zu tun hatte, sie zurück ins Bett zu bringen. Sie bot ihm ihre gesamte innere Kraft und Ermutigung an. Er stellte sich vor, wie es wäre, seine Pflichten mit solcher Unterstützung zu erfüllen. Gott, wie anders sich das Leben anfühlen würde.

Es verhielt sich keineswegs so, dass ihn störte, was er zu tun hatte. Verdammt, er lebte sogar dafür – aber er sehnte sich nach mehr. Liebe. Kameradschaft. Trost. Die Worte purzelten ihm wie von selbst durch den Kopf. Lana konnte ihm all das und mehr geben. Sie würde ihn stützen, nicht schwächen. Und sie konnte seiner Macht standhalten, ohne zu verblassen. Mit ihr konnte er sich im Rahmen der Anforderungen seiner Rolle als Alpha einen kleinen Raum für seine Seele schaffen. Hoffnung ließ ihn die Schultern straffen, obwohl sie die Last der unterschwellig in der Luft liegenden Bedrohung spürten.

„Morgen, Cody", murmelte Lana und lugte neben Tylers Schulter hervor. Besitzergreifend bewegte er einen Arm nach hinten zu ihr. Nur für den Fall, dass sein kleiner Bruder die Botschaft nicht verstanden hatte.

Cody wich zurück. Weit zurück. Botschaft erhalten. „Morgen." Er tippte sich mit jenem jungenhaften Lächeln an den Hut, das so ziemlich jede Frau zum Schmelzen brachte.

Bei Lana zeigte es keine Wirkung. Sie nickte nur und jagte damit eine Welle der Zufriedenheit durch Tyler. Ein Gefühl, das bei Codys nächsten Worten verblasste.

„Wir haben Ärger. Du musst sofort mitkommen."

Kapitel 11

Lana parkte Codys Truck an seinem üblichen Platz, knapp nach dem Tor der Ranch. In der Hütte hatte Tyler sie zum Abschied geküsst, bevor er mit seinem Bruder loszog, um den Schauplatz eines weiteren mutmaßlichen Übergriffs der Abtrünnigen zu untersuchen. Es war ein hastiger Kuss, erfüllt von stummen Versprechen – nur eines hatte Lana laut aus ihm herausgeholt, bevor er gegangen war.

„Versprich mir, dass du nicht ohne mich in den Kampf losziehst." Dabei hatte sie ihn mit zittriger Stimme näher zu sich gezogen.

„Lana..." Zu dem Zeitpunkt klang er widerwillig, und seine Lippen zögerten.

Sie verstärkte den Griff an seinem Hemd. „Versprich es!"

Den Rest ließ sie von ihrem Gesichtsausdruck vermitteln. Nämlich, dass sie verdammt gut kämpfen konnte. Und dass sie schon gegen Abtrünnige angetreten war. Dass sie alles für ihn tun würde und alles dafür, sich den Respekt seines Rudels zu verdienen.

Seine Augen blickten noch einen Herzschlag lang suchend in ihre, bevor er nickte und sie in eine letzte Umarmung zog. Einer, von der Lana innerlich schwindlig wurde, obwohl sich dabei nur seine Lippen bewegten.

Als sich Tyler von ihr löste und mit Cody davonfuhr, konnte sie praktisch sehen, wie sich die Last der Verantwortung auf seine Schultern senkte. Sie hatte in die Erde getreten, dann war sie zurück nach Hause gefahren. Allein.

Moment. Nach Hause?

Lana beschloss, dem Gedanken nicht ausgerechnet jetzt auf den Grund zu gehen. Ihr spukte auch so genug im Kopf herum. So viel, dass sie dem Lenkrad nach dem Einparken einen frustrierten Schlag verpasste. Verdammt, sie könnte helfen! Damals in den Berkshires hatte sie an der Seite ihrer Brüder an vorderster Front gekämpft. Dort hatte es nichts von diesem Quatsch gegeben, dass Frauen auf der Ranch bleiben mussten. Tyler und sie konnten zusammen jedes Hindernis bewältigen, das sich die Außenwelt für sie einfallen lassen mochte: Väter, Fehden, Abtrünnige. Gemeinsam würden sie alles erobern oder beim Versuch sterben.

Aber hier befand sie sich nicht bei ihrem Rudel, ganz gleich, wie sehr ihr Herz bei der Vorstellung tänzelte. Eine Nacht mit dem Alpha – so herrlich sie gewesen sein mochte – rechtfertigte wohl kaum besondere Privilegien für sie. Lana wusste, dass sie äußerst behutsam vorgehen musste. Tyler und sie würden sich bald mit seinem Vater auseinandersetzen müssen, und es würde unschön werden.

Bei dem Gedanken wickelte sie sich fester in Tylers Hemd, während sie zum Gästehaus hinüberstapfte. Tief in Gedanken versunken duschte sie schnell, bevor sie den Weg zum Frühstück mit ihrer Großmutter und Milly antrat.

„Hattest du eine schöne Nacht, Liebes?" Milly beugte sich für einen Schmatz zu ihr. „Oh... Ach du meine Güte."

Ihre Großmutter schaute mit hochgezogenen Augenbrauen herüber, und Lana wich zurück. Die zwei Frauen mochten alt sein, dennoch entging ihren Nasen nichts.

„Oh, und ob du eine gute Nacht hattest", merkte ihre Großmutter an, und die beiden Damen kicherten, während Lanas Gesicht heiß anlief. Zum wohl tausendsten Mal wünschte sie, ihresgleichen könnte nicht jede einzelne Emotion und jede Veränderung des körperlichen Zustands erschnuppern.

Milly winkte Lana zum Frühstückstisch und zwinkerte Ruth zu. „Was findest du röter? Ihr Gesicht oder die Marmelade?"

„Oh, eindeutig ihr Gesicht."

Lana vergrub den Kopf in den Händen. „Bitte zieht mich nicht auf", murmelte sie und fühlte sich plötzlich sehr, sehr müde. Die älteren Frauen ergingen sich in Geschichten über ihre eigenen Eroberungen und den jeweiligen Morgen danach.

„Der reizende Johnson-Junge. Erinnerst du dich an ihn, Milly?", fuhr ihre Großmutter fort. „Was für große Hände er hatte."

Lana legte die eigenen Hände über die heißen Ohren. *Zu viel Information.* Dann legte sich ein Schalter in ihr um, und sie wechselte von Verlegenheit zu Empörung.

„Du hast von Mama und Tylers Vater gewusst!"

Ihre Großmutter und Milly wechselten einen wissenden Blick, was Lana nur noch wütender werden ließ.

„Warum hast du mich hierhergebracht? Warum?"

Ihre Großmutter lächelte freundlich. „Weil ich wusste, dass es hier etwas Besonderes für dich gibt, Liebes."

Milly murmelte zustimmend. „Jemand Besonderen."

Die nächsten paar Schläge lang stolperte ihr Herz.

Ihre Großmutter fuhr fort. „Der Himmel, die Weiten. Der ganze Geist dieses Orts. Als wir das erste Mal hier waren – erinnerst du dich daran?"

Wie könnte sie das vergessen?

„Ich wusste, dass du hierher gehörst. Ich wollte, dass du es noch einmal siehst, fühlst und schmeckst." Sie ließ ein verruchtes Lächeln aufblitzen. „Keine Anspielung beabsichtigt."

„Oma!", protestierte Lana. Die anschwellende Hitze in ihren Wangen verriet ihr, dass sie Rosa übersprungen und sich geradewegs zu Hochrot katapultiert hatte.

„Ich hatte den Eindruck, dass du dich im Osten nie ganz heimisch gefühlt hast", sprach ihre Großmutter weiter. Lana ertappte sich dabei, wie sie den Blick auf ihren Schoß senkte. Das stimmte. „Ich wollte dir eine zweite Chance verschaffen."

Jäh schaute Lana auf. „Worauf?"

Ihre Großmutter lächelte verschmitzt. „Darauf, zu beenden, was du beim letzten Mal angefangen hast."

Lana hatte tausend Fragen, aber Milly kam ihr mit einem schlauen Blick zuvor. „Zuerst frühstücken wir."

∞∞∞∞

113

Lana starrte aus den Panoramafenstern von Millys Haus und ließ die endlose Aussicht auf sich wirken. Sie war so viel großartiger als die beengtere grüne Umgebung zu Hause. Kahl und gefährlich, zugleich jedoch aufregend. So sehr sie die Berkshires lieben mochte, die Wüste schlug etwas in ihrer Seele an.

„Wie konnte Ma diesen Ort je verlassen?"

Ihre Großmutter bedachte sie mit einem traurigen Lächeln. „Weil dein Vater ihr etwas geboten hat, was Tyrone Hawthorne ihr nie bieten konnte. Liebe."

Langsam und vorsichtig atmete sie ein, als könnte es alles verhexen, das Wort laut auszusprechen.

Mehr bekam Lana aus den beiden älteren Damen nicht heraus. Sie blieben hartnäckig ausweichend, ließen bestenfalls Andeutungen fallen und bestanden darauf, dass sie ihren eigenen Weg finden müsste. So sehr Lana sie bedrängte, sie weigerten sich, ihr eine Erklärung zu liefern. Schließlich kapitulierte sie und stapfte davon. *Auch gut.* Lana schnaubte irritiert. Sie würde sich für ein, zwei Stunden ins Bett fallen lassen und danach versuchen, die Sache zu durchschauen.

Als sie im Gästehaus erwachte und sich streckte, schaute sie auf die Uhr. Zweimal. Die ein, zwei Stunden hatten sich auf sechs ausgedehnt. Offenbar hatte ihr die lange Nacht mit spektakulär erfüllendem Sex ihren Tribut abgefordert. Spürte Tyler ihn auch?

Sie schlenderte nach draußen und hoffte, irgendwo einen Blick auf ihn zu erhaschen. Lana spürte auf Anhieb, dass sich etwas anbahnte. Etwas Großes. Statt Beschaulichkeit herrschte auf der Ranch eine Atmosphäre bleischwerer Stille. Die wenigen Rudelmitglieder, die sich draußen herumtrieben, schauten verkniffen drein und schnupperten bang die Luft. Sogar die alte Milly wirkte beunruhigt, als Lana an ihr vorbeikam. Ihre Teetasse klapperte, und sie zuckte bei jedem Geräusch zusammen. Wo steckten die Abtrünnigen? Was hatten die Späher entdeckt?

Als Lana endlich einen Blick auf Tyler erhaschte, stand er inmitten einer Ansammlung von Männern am Tor der Ranch und wirkte tödlich entschlossen. Als er aufschaute, pflügte sein Blick wie eine Schockwelle durch die Luft. Lana hätte alles dafür gegeben, in dem Moment seine Gedanken zu lesen, doch er hatte seine mentale Rüstung fest angelegt.

Als sich Tyler der anstehenden Angelegenheit widmete, ohne die geringste Notiz von ihr zu nehmen, sank ihr Mut. In der vergangenen Nacht schien ihr alles so klar zu sein. Im hellen Licht des Tags fühlte sie sich plötzlich nicht mehr so sicher. Es sandte keinerlei Signale aus, nicht mal ein Zwinkern, und plötzlich hallten die Warnungen ihrer Mutter durch ihren Geist. Sie würde nie eine Beziehung auf Augenhöhe mit einem Alpha durchsetzen können. Sie würde die Rolle der Köchin, des Dienstmädchens und manchmal der Bettgespielin umgehängt bekommen. Von ihr würde erwartet werden, dass sie jederzeit nach der Pfeife ihres mächtigen Gefährten tanzte.

Vielleicht musste sie die Emotionen beiseitelassen und die Sache nüchtern durchdenken. Immerhin standen ihr Stolz, ihre Unabhängigkeit und ihre Karriere auf dem Spiel. War sie wirklich bereit, das alles für diesen Mann zu riskieren?

Ja! brüllte ihre Wölfin.

Die Sache war nur die, dass ihr inneres Tier dazu neigte, alles bloß schwarz und weiß zu sehen. Im wahren Leben gab es unzählige Nuancen dazwischen, vor denen sie nicht einfach die Augen verschließen durfte. Lana konnte nur zur schattigen Veranda des Gästehauses zurückkehren und dort in Ungewissheit schmoren.

Noch schlimmer wurde die Lage, als eine ungebetene Besucherin erschien. Audrey tauchte mit einem breiten Lächeln auf, das nur Ärger bedeuten konnte.

„Lana, ich…", begann die Frau und stürmte mit der Herzlichkeit einer Klapperschlange an. Dann hielt sie abrupt inne und schnupperte.

Gleich geht's los. Lana stöhnte innerlich. *Noch mehr Sticheleien.*

Audrey schürzte die rubinroten Lippen und lächelte. Oder war es ein finsterer Blick? „Willkommen in der Schwesternschaft, Schätzchen."

Lana blinzelte.

„Und wie war es?" Audreys Worte drangen mit dem klebrigen Beigeschmack von frischem Blut von ihren Lippen.

Schwesternschaft? Lanas Gedanken überschlugen sich. Eine Gruppe von Frauen, die... was? Audrey beugte sich vor, sichtlich begierig, jedes schlüpfrige Detail von Lanas erderschütternder Nacht zu erfahren.

Eine Schwesternschaft von Frauen, die mit Tyler geschlafen hatten? Ihr wurde übel, als Audrey die wulstigen Lippen zu einem süffisanten Lächeln verzog.

Audrey hatte mit Tyler geschlafen? Lanas Magen krampfte sich zu einem Knoten zusammen.

Audrey kicherte abgehackt und schneidend. „Oh, es muss gut gewesen sein, das merke ich. Aber natürlich ist es mit Tyler immer gut."

Immer? Lana verschluckte sich beinah.

Audrey hob die verträumten Augen, als schwelgte sie in eigenen sinnlichen Erinnerungen. „Er hat schon alle Frauen hier gevögelt, Schätzchen."

Lanas Kiefer klappte auf. „Alle?" Hatte er sie auch alle in die Hütte gebracht? Sie mit dieser unvergleichlichen Mischung aus Zärtlichkeit und loderndem Verlangen überhäuft? Aber das konnte man kaum als Vögeln bezeichnen. Sie musterte Audrey eingehend. Wollte sie nur die Neue im Ort auf die Schippe nehmen?

Die Augen der Blondine funkelten verschmitzt. „Er bekommt eine Kostprobe von so ziemlich jeder Frau auf der Durchreise. Und wer würde schon nein sagen?"

Der Schlag landete wie beabsichtigt direkt in Lanas Magengrube. Sie selbst hatte nichts anderes gesagt als *ja, ja, ja.*

Aber was war mit dem Versprechen in seinen Augen? Hatte sie ihn so falsch eingeschätzt? Lana schwankte, und ihr Magen brodelte. Sie wusste, dass nur Audreys Wort gegen das verliebte Herz ihrer Wölfin stand. Und offen gestanden konnte man beidem nicht trauen. Gott, nichts würde schlimmer schmerzen, als herauszufinden, dass sie nur eine weitere unverfängliche Nummer für Tyler war. Die Kostprobe des Monats. Oder vielleicht sogar nur die Kostprobe der Woche.

Das Herz sackte ihr zu den Knien. Und sie hatte allen Ernstes gedacht, Tyler wäre der einzig Wahre. Aber vielleicht wiederholte sich lediglich die Geschichte. Immerhin hatte ihre Mutter Arizona verlassen, um Tylers Vater zu entkommen, einem Mann, der unfähig zu Liebe war.

Wie der Vater, so der Sohn?

„Ich mach es dir einfach, Schätzchen." Audreys triumphierender Ton ließ das Gegenteil erahnen. Lana zwang sich, dem Blick der Frau zu begegnen, fest entschlossen, ihr nicht die Genugtuung zu gönnen, die sie sich offenbar wünschte. „Er ist vergeben."

Vergeben? War das ein weiteres von Audreys Spielchen?

„Tyler ist fest vergeben. Er... wartet nur."

„Auf wen?" Die Worte kämpften sich kratzig durch das Sandpapier, in das sich Lanas Kehle verwandelt hatte.

Audreys Gesicht nahm einen rachsüchtigen Ausdruck an, als sie mit einem langen Fingernagel zum Horizont zeigte. „Auf irgendeine Frau, die er vor Jahren kennengelernt hat. Das hat er Lucy erzählt, nachdem sie miteinander geschlafen hatten und sie einen Monat lang jeden Tag weinend zu ihm gerannt ist." Jeder Dolch, der Lanas Herz durchbohrte, war ein Volltreffer für Audrey. „Er hat zu ihr gesagt, er hätte sein Herz vor langer Zeit an jemanden verloren. Und er könnte niemand anderen lieben. Dieses Miststück." Mit hoch erhobener Nase schnupperte Audrey.

„Wer ist sie?" Lana war sich so sicher gewesen, dass ihre gemeinsame Nacht die erste eines Lebens gewesen war. Vielleicht hatte sie so lange gewartet, dass sie den Unterschied zwischen Liebe und Lust nicht mehr erkennen konnte. Sie rief sich Tyler ins Gedächtnis. Die Gewissheit, die Hingabe, die sie in seinen Augen gesehen hatte. Wie konnte es eine andere Frau in seinem Leben geben?

Audrey zuckte mit den Schultern. „Wer sie ist? Das ist die große Preisfrage. Wir glauben, es ist irgendein Flittchen drüben in Utah. Er ist total gequält von einer Reise dorthin zurückgekommen. Davor hatte ich noch nie einen so fertigen Mann gesehen", erzählte sie vergnügt, bevor wieder Gehässigkeit in ihre Züge sickerte. „Warum er sich die Frau nicht einfach nimmt und uns alle von unserem Elend erlöst, ist ein Rätsel." Audrey seufzte dramatisch, streckte sich und nahm eine Pose ein, die vermuten ließ, sie könnte sich gleich die Hände abklopfen und abschließend verkünden: *Meine Arbeit hier ist getan.*

„Du kommst über ihn hinweg“, rief Audrey stattdessen, als sie sich mit schwingenden Hüften den Weg entlang entfernte. „Das tun wir alle.“

Vernunft und Emotionen lieferten sich einen Kampf in Lana, und ihre Wölfin bäumte sich innerlich empört auf. *Tyler gehört uns! Uns allein! Willst du wirklich diesem Flittchen statt dem Ausdruck in den Augen unseres Gefährten glauben?*

Lana schluckte die Galle hinunter, die ihr in die Kehle stieg, und schüttelte den Kopf. Tyler war ein Ehrenmann, der sie mit einem Versprechen verlassen hatte. Falls er je der Schwerenöter gewesen war, als den Audrey ihn dargestellt hatte, gehörte das der Vergangenheit an. Die Verbindung, die sie mit Tyler hatte, drehte sich allein um die Zukunft. Und dennoch ließ sich nicht leugnen, wie sehr Audreys Worte brannten.

Lana spannte den Körper an, als sich Audrey für eine letzte Stichelei zu ihr umdrehte. „Vielleicht denkt er ja an dich, während er kämpft“, bot die Blondine ihr als halbherzigen Trost an.

Lana erstarrte. „Wie meinst du das?“

Audrey zuckte desinteressiert mit den Schultern. „Er ist losgezogen, um die Abtrünnigen zu suchen und zu erledigen.“

Als ob es so einfach wäre. Lana bezweifelte, dass Audrey je einen schlimmeren Kampf als einen gegen widerspenstiges Haar ausgetragen hatte. Eine Bande von Abtrünnigen stellte eine tödliche Bedrohung dar und erforderte die volle Stärke des Rudels.

Aber Moment: War Tyler wirklich ohne sie in den Kampf losgezogen? Jeder Muskel in ihrem Körper spannte sich an, als sie sich vom Stuhl hochstemmte.

„Wohin? Wo ist er hin?“

Audrey deutete mit einer trägen Geste unbekümmert in Richtung Norden. „Irgendwo in die Hügel.“

Anscheinend wäre sie rundum zufrieden damit, am Pool zu warten, während die Männer den Kampf austrugen. Oder schlimmer noch, einen Picknickkorb zu packen und aus sicherer Entfernung zuschauen wie eine dieser törichten

Südstaatenschönheiten, die früher losspaziert waren, um sich Schlachten im Bürgerkrieg anzusehen.

Ein Anflug von Hitze raste durch Lanas Körper. Auf keinen Fall würde sie eine solche Frau werden! Auf keinen Fall würde sie Tyler ohne sie kämpfen lassen. Innerhalb von zwei Atemzügen drängte sich Lana an Audrey vorbei, befreite ihre innere Wölfin und rannte in die Hügel los. Zu ihrem Gefährten, zum Feind und zur Wahrheit, wie auch immer sie aussehen mochte.

Kapitel 12

Es ging um mehr als Stolz. Es war eine Frage der Ehre. Lana hatte das Lager der Abtrünnigen gefunden. Sie wollte die Sache genauso zu Ende bringen wie alle anderen hier. Und sie hatte ein Recht darauf, verdammt noch mal!

Die Narbe an ihrem Arm kribbelte zornig, als sie in Wolfsgestalt zornig rannte, so schnell sie konnte. Der Kampf gegen die Abtrünnigen hatte vor Jahren einige ihrer Rudelkameraden das Leben gekostet. Abtrünnige kämpften schmutzig und mit der Rücksichtslosigkeit von jemandem, der nichts zu verlieren hatte. Und auch, wenn Gestaltwandler zäh sein mochten, sie waren trotzdem sterblich. Diese Lektion hatte Lana nur allzu deutlich gelernt. Zwar sehnte sie sich nicht nach einem Kampf, aber sie würde auch nicht davor zurückschrecken.

Allerdings war das nur das halbe Problem. Wie konnte Tyler ohne sie losziehen? Er hatte ihr versprochen, es nicht zu tun!

Vielleicht ist etwas dazwischengekommen, versuchte ihre Wölfin, ihn zu verteidigen.

Lana schüttelte den Kopf, während sie lief. Wenn Tyler in dem Punkt gelogen hatte, dann konnte er auch über andere Dinge gelogen haben. Vielleicht war die ganze Nacht eine Lüge gewesen.

Das Schicksal lügt nicht, zischte ihre Wölfin.

Sein Geruch verfolgte sie, brachte sie vor Lust, Liebe und den ersten Rissen in ihrem Herzen beinah um den Verstand. Als sie das Tal verließ und in höheres Gelände vordrang, hatte sie seinen Duft nach wie vor in der Nase. Verärgert hielt sie kurz an, um sich mit einem Hinterbein das Ohr zu kratzen.

Wenn er sich als Lügner entpuppte, wie lang würde es dauern, sich jegliche Spuren von ihm restlos vom Körper zu schrubben?

Selbst wenn sie in den Osten zurückkehrte, würde sein Geruch sie begleiten und sie damit ködern, was hätte sein können. Schwesternschaft. Kostprobe des Monats. Was, wenn sie ihm in Wirklichkeit nichts bedeutete?

Ihre Schritte schienen das Elend nur tiefer in ihre Seele zu hämmern. Trotzdem rannte Lana entschlossen weiter. Sie würde Tyler zeigen, wie eine Dixon kämpfen konnte. Sie würde sich seinen Respekt verdienen, auch wenn sie dadurch vielleicht seine Zuneigung verlieren würde – sofern sie nicht ohnehin nur gespielt gewesen war.

Er wird uns treu sein! beharrte Lanas Wölfin.

Dann soll er es beweisen, erwiderte ihre menschliche Seite.

Lana sprang über ein Kaninchenloch und zwang sich, die widerstreitenden Stimmen auszublenden. Ein Kampf erforderte klaren Kopf und eine klare Taktik. Was dachte sie sich eigentlich dabei, völlig unüberlegt drauflos zu rennen?

Sie verlangsamte die Schritte auf Trab, schnupperte und ordnete die Gedanken. Eins nach dem anderen. Sie würde Tyler aufspüren und sich erst um die Abtrünnigen kümmern, danach um den Rest.

Ein guter Plan. Nur verriet die trockene Luft weder etwas von dem Alpha noch von den Abtrünnigen. Wie eine Amateurin hetzte sie Schatten hinterher. Sie hätte Tylers Spur von der Ranch aus folgen sollen, statt sich auf Audreys vagen Hinweis zu verlassen.

Audrey, brummte ihre Wölfin.

Was, wenn sie die ganze Zeit gelogen hatte?

Lana blieb vollends stehen und drehte sich langsam im Kreis. Dabei schnupperte sie, suchte in der Luft nach einem Hinweis auf die Wahrheit. Aber außer einer sengenden Leere fand sie nichts. Die Wüste versteckte ihre Geheimnisse gut.

Wasser, entschied ihre Wölfin. *Wir suchen Wasser, dann sehen wir weiter.*

Sie erschnupperte sich den Weg zu den Rückständen eines Bachs, dem sie stromaufwärts folgte. Plötzlich fühlte sie sich am Verdursten. Sie kratzte am ausgetrockneten Bachbett, fand jedoch nichts. Vielleicht noch weiter stromaufwärts? Lana trabte bergauf und verwandelte sich in menschliche Gestalt, als sie ein dünnes Rinnsal erreichte. Sie kniete sich hin und schöpfte zittrig eine Handvoll Wasser heraus, konzentrierte sich völlig auf die kühle Flüssigkeit.

Fünf Meter rechts von ihr raschelte es im Gebüsch. Ihr Kopf wirbelte herum. Von links ertönte das scharfe Knacken eines Zweigs. Dann folgte ein leises Lachen, und zwei Männer tauchten aus dem Unterholz auf, einer auf jeder Seite.

Lanas Blick heftete sich zuerst auf den Mann rechts. Er war drahtig, wirkte kantig und verrucht wie eine verunglückte Version vom Marlboro-Mann. Im schräg einfallenden Licht der Nachmittagssonne lächelte er Lana kühl an und ließ den Blick über jeden Quadratzentimeter ihrer entblößten Haut wandern.

Arschloch, brummte ihre innere Wölfin.

Beinah hätte sie die Augen verdreht. Er musste einer dieser Eremiten in den Bergen sein, die zu lang in der Wildnis gelebt hatten. Und zu viel von wer weiß was geraucht hatten. Sie konnte es an ihm riechen. Unbekümmert richtete sie sich zu voller Größe auf und schwenkte den Kopf zu dem Mann auf ihrer Linken herum. Er hatte denselben berechnenden Blick und dieselbe erregte Beule in der schicken Jeans. Sein Gesicht und sein Haar wirkten ungewöhnlich hell. Nicht ganz wie ein Albino, aber fast.

Lana schluckte ihre Überraschung hinunter. Dann war sie eben nackt und allein. Und wenn schon. Mit zwei Schritten wäre sie in der Deckung der Büsche. Mit ein paar mehr könnte sie sich verwandeln und davonrennen. Diese erbärmlichen Menschen könnten es niemals mit ihrer Geschwindigkeit aufnehmen. Trotzdem war es dumm von ihr gewesen, unachtsam zu werden.

Ihre Ohren zuckten, als sie die Geräusche eines dritten Mannes wahrnahm, der ihr den Weg nach hinten versperrte. Sie konnte seine Gegenwart spüren.

„Seht mal, was wir hier haben, Jungs." Die Lippen des blassen Kerls verzogen sich zum Abklatsch eines Lächelns, während seine Zunge anzüglich über seine Unterlippe leckte.

Der Mann rechts kam einen Schritt näher und setzte ein fieses Grinsen auf. „Eine Besucherin, was?"

Besucherin? Sie verkörperten hier die Eindringlinge! Lana blinzelte gegen die Sonne an. Dabei fielen ihr zum ersten Mal die seltsamen, zerkratzten Gesichter und die zu hellen Augen auf. Als sie erneut schnupperte, spürte sie, wie die Narbe an ihrem Arm aufflammte. Der Geruch der ungewaschenen Körper der Männer überdeckte etwas anderes, das sie verspätet aufschnappte. Ein herbstlicher Geruch von zu lang herumliegendem Laub. Verrottet, vergessen.

Abtrünnige. Diese Männer waren die abtrünnigen Kojoten, hinter denen alle her waren. Lana hatte sie gefunden. Aber wo steckte Tyler?

Sie waren zu dritt. Nein, zu viert – ein weiterer lauerte knapp außer Sichtweite hinter den Bäumen. Die Härchen auf ihrem Rücken sträubten sich, als ihre Wölfin an die Oberfläche drängte.

„Keine Sorge", sagte der Blasse. „Wir wissen, wie man eine Dame verwöhnt." Obwohl er dabei herzlich lächelte, klang seine Stimme kalt wie ein arktischer Wind.

Lana schluckte die Galle hinunter, die ihr in den Hals steigen wollte. Sie musste schnell überlegen. Dass Lana nackt vor diesen Desperados stand, stachelte die Männer nur zusätzlich an. Sie musste sich verwandeln – sofort. Als Wölfin wäre sie besser für Kampf oder Flucht gerüstet. Ein männlicher Kojote wäre ungefähr so groß wie ihre Wölfin. Mit einem könnte sie es also aufnehmen. Zwei wären knifflig, doch zu schaffen, wenn es sein musste.

Aber drei? Vier?

Darauf würde sie keine Wette abschließen. Es schien besser zu sein, die Flucht zu ergreifen, bevor sich die Schlinge zuzöge.

„Hey, Yas, ich will als Erster", sagte der Marlboro-Mann schmunzelnd zu dem Blassen – dem Anführer.

Yas? Den Namen hatte Lana schon gehört. Der Indianersohn auf Abwegen. Völlig verkehrten Abwegen.

„Lasst mir auch was von ihr übrig, Jungs." Yas lachte leise, und die Männer rückten näher.

Lana verwandelte sich eine Sekunde schneller, und ihre Fänge rissen dem Vordersten die Kehle heraus, bevor er reagieren konnte. Warmes Blut flutete ihren Mund, und als sie ins Gebüsch davonsprang, spuckte sie den bitteren Geschmack des Abtrünnigen aus. Ihre Pfoten suchten Halt auf der Erde, als im Gestrüpp hinter ihr das aufgebrachte Bellen der Kojoten ertönte. Auch sie hatten sich verwandelt und die Verfolgung aufgenommen.

Lana floh. Ihr Verstand stellte Berechnungen an, während ihre Beine rasten. Wahrscheinlich könnte sie die Kojoten abschütteln, trotzdem würde sich Verstärkung ungemein beruhigend anfühlen.

Tyler! schrie sie in Gedanken und legte alles in den gedanklichen Ruf. Wenn sie wirklich vom Schicksal füreinander bestimmte Gefährten waren, würde er sie hören.

Natürlich hört er dich, behauptete ihre Wölfin.

Lana lauschte auf eine Antwort oder irgendein Zeichen. Aber sie nahm nichts wahr, nur das Trommeln ihrer Füße über den harten Boden und das aufgeregte Kläffen ihrer Verfolger. Sie war auf sich allein gestellt.

Einer der Kojoten hatte sie beinah eingeholt, ein anderer hechelte nicht weit dahinter. Lana legte einen Sprint ein, fand aber nicht recht ihr Tempo, nicht wie in den Wäldern des Ostens. Hier hatte sie es mit einem Slalomkurs zwischen Kakteen und Buschwerk zu tun, der kein erkennbares Muster bot. Sie schlug einen Haken nach rechts, huschte nach links und preschte geradeaus, allerdings nicht schnell genug.

Ein gelbbrauner Kojote tauchte von oben auf dem Hang vor ihr auf. Ein fünfter? Mit einem inneren Fluch sprang Lana zurück und hatte keine andere Wahl, als nach links zu schwenken und einer gewundenen Schlucht zu folgen. Sie sprang über ein Geröllfeld, das ein trockenes Bachbett kennzeichnete. Dann raste sie weiter. Die Wände des Tals wurden zu beiden Seiten höher. Ja, so ging es – sie baute ihren Vorsprung aus. Dann rannte sie um eine Ecke und...

In eine Sackgasse.

Schlitternd kam sie zum Stehen und schaute die unüberwindbaren Steilwände hinauf. Niemand könnte sie

erklimmen, weder Wolf noch Mensch. Nicht mal eine Bergzie-
ge. Als Lana herumwirbelte, versperrten ihr zwei Kojoten den
Weg. Ein dritter gesellte sich gerade zu ihnen. Es gab nur den
Weg mitten durch sie hindurch oder die Steilwände hinauf.

Lana drehte sich um, sprang einem hohen Felsvorsprung
entgegen und krallte nach Halt. Es gelang ihr sogar beinah. Ihre Vorderpfoten schrammten über Fels, ihre Hinterpfoten zap-
pelten und besprühten ihre Verfolger mit Erde. Jeder Muskel
in ihrem Körper spannte sich an, während sie sich innerlich
anfeuerte.

Fast geschafft...

Dann raste Feuer durch ihr Hinterbein, und ein bleiernes
Gewicht zog sie zurück. Verzweifelt krallte sie durch die Luft,
bis sie wuchtig mit der Schulter gegen einen Felsen prallte. Als
sie sich auf alle viere rappelte und sich den Kojoten zudrehte,
zählte sie fünf. Oder waren es sechs? Unwillkürlich japste sie,
als sie weitere Bewegungen hinter ihren Angreifern sichtete.

Yas schlenderte noch in menschlicher Gestalt auf sie zu.
Aus seinem Gesicht sprach bösartige Erregung.

Sieben. Sieben zu eins. Es würde ein Kampf auf Leben
und Tod werden. Und wohl mit Lanas Tod enden. Dass sie
womöglich zwei oder drei von ihnen mitreißen würde, empfand
sie als schwachen Trost.

In menschlicher Gestalt hätte sie vielleicht laut gewimmert.
Tyler!

Was würde sie nicht dafür geben, ihn nun an der Seite zu
haben. Aber das sollte offenbar nicht sein. Sie war so sehr auf
sich allein gestellt wie noch nie zuvor.

Die Kojoten umkreisten sie, die Schnauzen tief über dem
Boden, um die Kehlen zu schützen. Sie waren böse, aber nicht
dumm. Lana stellte eine schnelle Berechnung an. Sie war zwar
mindestens so groß wie die Kojoten, aber leichter. Wenn es
ihnen gelänge, sie zu Boden zu ringen, wäre alles vorbei. Sie
musste auf den Beinen bleiben. Ihre einzige Chance bestand
darin, das schwache Glied in ihrem Kreis zu finden und an der
Stelle irgendwie durchzubrechen.

Ein Kojote mit einer langen Narbe, die sich quer über ein
Auge erstreckte, stürzte von rechts heran. Mit Gebrüll, das von

den Felswänden der Schlucht widerhallte, wich Lana aus und schlug nach seiner Flanke. Der Kojote schrie auf, als sie ihm das Fell aufriss. Blut floss. Sofort bestürmten sie zwei andere, die sie jedoch mit einem wilden Hieb zurückdrängte. Hastig traten sie den Rückzug an, und Yas lachte schallend.

„Lasst ihr euch etwa von einer Frau ins Bockshorn jagen?“

Worauf du deinen Arsch verwetten kannst, kam knurrend von ihrer inneren Wölfin, obwohl sie sich ihrer Chancen alles andere als sicher war.

Lana bemühte sich, ihre Atmung zu kontrollieren, und konzentrierte sich darauf, den Rücken den Felsen zugewandt zu lassen.

Mach sie einen nach dem anderen fertig, murmelte ihre Wölfin.

Ihr Kopf schnellte hin und her, als drei der Mistkerle gleichzeitig angriffen. Lana wirbelte herum, wich einem aus, schlug nach einem anderen und versuchte, den dritten nicht aus den Augen zu verlieren. Inmitten des Handgemenges spürte sie, wie sich Krallen in ihr Hinterteil bohrten. Gleich darauf schlugen sich scharfe Eckzähne in ihre ausgestreckte Pfote. Taumelnd geriet sie aus dem Gleichgewicht. Sofort stürzten sich ihre Angreifer auf sie. Ein Knurren grollte durch ihren Kopf, während sie verzweifelt über den Boden krallte und austrat.

Steh auf! brüllte ihre Wölfin. *Befrei dich! Wir müssen...*

Schlagartig erstarrte sie, als sich Kiefer um ihren Hals klemmten und sich die Zähne des Kojoten nur eine Haaresbreite von der Schlagader entfernt in die Haut bohrten. Ein Todesgriff. Verstärkte er den Druck, würde das Leben als scharlachrote Flut aus ihr heraussprudeln.

Schlaff, verrenkt und machtlos hing sie in den Kiefern des Kojoten. Das saure Hecheln ihres Entführers zerzauste ihr Fell. Sein Atem stank nach fauligem Wild und verwesendem Fleisch. Das Knurren, das in ihren Ohren widerhallte, änderte die Tonlage, als die anderen anrückten.

Lana schloss die Augen. Der Tod im Kampf wäre hinnehmbar gewesen. Aber das?

Jede Sekunde, die sie wartete, war eine Sekunde zu viel. Sie musste sich losreißen. Jetzt oder nie – kostete es, was es wollte.

Die Kiefer um ihren Hals verstärkten den Druck. Die Botschaft war klar. *Eine Bewegung, und du bist tot.*

Lana atmete tief durch. War sie bereit, das Risiko einzugehen?

Ja. Ja, das war sie.

Sie zog die Lippen zu einem leisen Knurren zurück und begann einen inneren Countdown. *Auf drei.*

Eins...

Ein Bild von Tyler schoss ihr durch den Kopf, wie er zärtlich ihre Hände drückte, bevor er den Körper über ihren senkte.

Zwei...

Durch ihren Geist wirbelte eine Diavorführung, die bei dem Bild verharrte, wie Tyler mit der Laterne in der Hand ums Bett herumkam. Damit vor Augen wollte Lana sterben, wenn es schon sein musste.

Dr...

Plötzlich explodierte donnerndes Gebrüll durch die Schlucht, begleitet von einem Schauer aus Gestein, als der halbe Hang unter einem Erdrutsch nachgab. Die Kiefer um Lanas Hals lockerten ihre Umklammerung. Hastig riss sie sich los und ergriff die Chance, sich in der allgemeinen Verwirrung zu befreien. Dem Schlimmsten war sie mit knapper Not entronnen. Aber was ging hier vor sich? Das dumpfe Gebrüll einer ganzen Armee schien die verwirrten Rufe der Kojoten zu übertönen. Unter all dem Lärm dröhnte Lanas verzweifelter Herzschlag durch ihre Ohren.

Bewegung! Setz dich einfach in Bewegung, brüllte ihre Wölfin.

Sie stürzte sich auf eine gelbbraune Gestalt vor ihr. Der Kojote schrie auf, zappelte in ihrem Maul und verstummte abrupt, als sie ihm mit einem kräftigen Ruck das Genick brach. Sie ließ den erschlafften Körper gerade fallen, als eine riesige Gestalt in ihr Blickfeld raste. Verzweiflung überkam Lana, als sie blinzelte. Mit diesem Gegner konnte sie es auf keinen Fall aufnehmen. Es war so groß wie ein Wolf...

Dann stockte ihr der Atem, denn es handelte sich tatsächlich um einen Wolf. So groß und so intensiv, dass die Felswände der Schlucht vor ihm zurückzuweichen schienen. Er hatte dunkelbraunes Fell. Wie eine Kreatur, die dem Schoß von Mutter Erde entsprungen war, beseelt von solcher Raserei, dass sein gesamter Leib bebte.

Tyler, wie Lana ihn noch nie zuvor erlebt hatte.

Ich reiße euch in Stücke, versprach sein Gebrüll den bangen Kojoten. *Und dann zerreiße ich euch noch mal.*

Lana schwankte, als er mit leuchtenden Augen vor ihr in Position ging.

Mein! brüllte Tyler.

Die Kojoten erzitterten. Lana auch. Sie kannte diese Augen und diese schiere Macht, hatte ihre Intensität jedoch noch nie derart extrem erlebt. Und sie hatte noch nie etwas wie den Kloß gefühlt, der sich in ihrem Hals bildete, als sie erkannte, wie falsch es gewesen war, an ihm zu zweifeln.

Die Augen der Kojoten zuckten umher, als sie nach einem Ausweg suchten. Auf Tylers Gebrüll antwortete eine andere Stimme – ein zweiter Wolf, der den Kojoten die Rückzugsmöglichkeit abschnitt. Das Timbre konnte nur Cody gehören. Zufrieden verzog Lana die Lippen. Die Abtrünnigen saßen in der Falle, und plötzlich hatten es fünf Kojoten mit drei Wölfen zu tun. Darauf würde sie jederzeit ihr Geld setzen.

Tylers Blick begegnete dem ihren und brachte ihre inneren Reserven in Fahrt. Trotz der Schmerzen, die durch ihren Körper wüteten, straffte sie die Schultern.

Eine einzige menschliche Stimme inmitten des animalischen Knurrens ergriff das Wort.

„Wir wussten nicht, dass sie dir gehört!", rief Yas. In seinen Worten schwang ein Flehen um sein Leben mit.

Lana drängte den Schmerz zurück und leckte sich über die spröden Lippen. Wie schnell sich das Blatt gewendet hatte.

Tylers Knurren vibrierte durch das Gestein der Umgebung. Einen bedächtigen Schritt nach dem anderen näherte er sich dem Abtrünnigen. Sein Schwanz zuckte dabei mordlüstern. Yas wich zurück und schlug die Augen als Zeichen der Unterwerfung nieder. Obwohl sich Lanas Hinterbein anfühlte, als explodierten Feuerwerkskörper darin, zwang sie sich, vorzurücken. Sie würde an Tylers Seite kämpfen, sich nicht hinter ihm verstecken. Sie würde ihre Feinde und die Feinde ihres Rudels abwehren.

Meines Rudels. Wie richtig sich das anhörte. Denn Tylers Gebrüll teilte ihr alles mit, was sie hören musste. Er liebte sie mit aller Macht, und diese Macht war das vielleicht Beeindruckendste, was sie je erlebt hatte. Tyler glich wandelnder Wut und sann von Kopf bis Fuß auf Rache. Umso mehr im nächsten Moment, als ein Kojote in hirnloser Verzweiflung lossprang und den Kampf auslöste.

Die beengten Verhältnisse sorgten dafür, dass der Zusammenstoß zu einer regelrechten Schlacht ausartete. Durch Lanas Ohren hallten gequälte Schreie, Grunzlaute und das panische Kratzen von Krallen auf dem felsigen Untergrund. Ohne auf ihre Schmerzen zu achten, schnappte sie nach einem Kojoten, der sich an Tyler vorbeidrängen wollte, der gerade einen anderen Abtrünnigen mit blutverschmierten Kiefern beiseite schleuderte. Lana entfesselte ein Knurren. Zumindest versuchte sie es, nur drang es nicht richtig aus ihr heraus. Auch mit ihrer Sicht stimmte etwas nicht, denn sie sah abwechselnd doppelt und von Flecken übersäte Bilder.

Als sie mit dem vernarbten Kojoten fertig war, schwankte sie auf den Beinen. Blinzelnd beobachtete sie, wie Tyler es mit Yas aufnahm, der sich in einen schneeweißen Kojoten verwandelt hatte. Bei einem Wolf hätte das Fell wunderschön ausgesehen, bei Yas wirkte es einfach nur falsch. Lana hoffte, sie würde lang genug bei Bewusstsein bleiben, um zu sehen, wie es sich rot färbte.

Ein flackernder Schatten lenkte ihre brüchige Aufmerksamkeit nach links. Sie wurde rasant schwächer, blutete aus einem Dutzend Wunden, doch ein anderer Kojote stürzte auf Tyler zu.

Nein! rief ihre Wölfin.

Sie wollte Tyler warnen, aber es drang nur ein heiseres Quieken heraus. Der Kojote befand sich in der Luft und flog auf Tylers Rücken zu. Er wäre dem Alpha nicht gewachsen, aber wenn Tyler ihn nicht kommen sah, könnte dem Abtrünnigen ein Glückstreffer gelingen.

Schnapp ihn dir!

Lana mobilisierte ihre letzten Energiereserven und warf sich nach vorn. Ihre Sicht wurde zu einem verschwommenen Flickenteppich. Sie nahm Tylers dunkelbraunes Fell und den weißen, verängstigten Yas wahr. Dann tauchte abrupt das gelbbraune Fell ihres Ziels vor ihr auf. Codys Wolfsstimme grollte weit, weit entfernt eine Warnung.

Als sich Lanas Kiefer in das raue Fell verbissen, warf sie das Gewicht nach rechts und riss den Kojoten zu Boden. Das Manöver löste eine Flut von Schmerzen aus, die ihr die Sicht raubte. Nach weiterem Geheul und dumpfen Lauten landete ihre Flanke auf der kühlen Erde, und in der Schlucht wurde es still, zumindest für ihre Ohren.

Lana verharrte, wo sie gefallen war, und zählte die letzten, zögerlichen Schläge ihres Herzens. Das Fell an ihrem Hals fühlte sich warm und klumpig an. Ihr Hinterteil pochte, während sie regungslos dalag und spürte, wie das Leben aus ihr sickerte. Auch der Biss in den Hals war tief gewesen – zu tief?

Sie spürte eine warme Berührung, vertrauten Atem und ein banges Schnüffeln. Tyler, der ihre Wunden leckte und ihr ins Ohr winselte.

Sag mir, dass es dir gut geht, flehte er. *Sag mir, dass es dir gut geht, meine Gefährtin.*

Die Worte drangen wie durch einen langen Tunnel zu ihr, und irgendwo im Nebel ihres Verstands lichtete sich ein Fleckchen.

Gefährtin. Er hatte sie als seine Gefährtin bezeichnet.

Obwohl ihr Körper vor Schmerzen pochte, verzog sie die Lippen zu einem zufriedenen Lächeln. Endlich wusste es auch Tyler. Sie kratzte die letzten Reste ihrer Energie zusammen und bemühte sich, ihm ein schwaches Echo seiner Worte zu liefern.

Gefährte. Mein Gefährte.

Tyler vergrub das Gesicht an ihrem Hals. Sein Duft umhüllte sie wie eine warme Decke. Ihr Gefährte kannte sie. Liebte sie. Wollte sie. Er hatte ihren Geruch aus all den anderen herausgepickt, die um seine Aufmerksamkeit heischten. Was könnte sie sich noch wünschen?

Ihre Freude verblasste, als die Ironie sie kräftig in den Hintern biss. Tyler hatte die Liebe in dem Moment erkannt, in dem sich der Tod den Weg zu ihr bahnte. Lanas Zeit war abgelaufen. Ihre gemeinsame Zeit war abgelaufen.

Sie kämpfte gegen Verzweiflung an und klammerte sich stattdessen an einen dünnen Hoffnungsfaden. Wenigstens war Tyler bei ihr und hielt sie fest. Lana gestattete sich, begleitet von seiner beruhigenden Stimme in Schwärze zu versinken. Die Stimme ihrer wahren Liebe war das Letzte, was sie wahrnahm, bevor die Dunkelheit sie überwältigte.

Kapitel 13

Lana rechnete mit einem Tunnel aus Licht oder mit einer pechschwarzen Grube auf dem Weg in den Tod. Aber so lief es nicht ab. Stattdessen fühlte es sich wie tiefster, festester Schlaf an, der nur gelegentlich von einem Flüstern unterbrochen wurde.

Gefährtin. Meine Gefährtin. Bleib bei mir.

Träumte sie? Ihre Gedanken setzten ein und aus, während sich die Zeit abwechselnd verlangsamte, beschleunigte und wieder verlangsamte.

Bleib bei mir.

Es fühlte sich nicht wie Schlaf an, musste es aber gewesen sein, denn plötzlich nahmen ihre Sinne einen sehr weichen, sehr ruhigen Ort wahr, den sie nicht erkannte. Dort war es warm und gemütlich wie in einer Winterhöhle, die sie monatelang nicht verlassen müssen würde. Ihre Ohren vernahmen das Summen eines Kolibris und das leise Klopfen eines Asts an einer Wand. Wo auch immer sie sich befinden mochte, sie wollte nie wieder weg.

Ihr Körper pochte, obwohl sich ihre Wunden nicht mehr offen anfühlten. Ja, die Schmerzen bewiesen es. Sie war eindeutig am Leben. Etwas Leises, das Sicherheit vermittelte, regte sich in der Nähe und verstummte dann wieder. Lanas Brustkorb hob und senkte sich gehorsam im Takt eines hinter ihr tickenden Metronoms. Vielleicht hatte das sie am Leben erhalten, nachdem alles dunkel geworden war. Schließlich entschied sie, einen Blick auf ihre Umgebung zu werfen, allerdings öffnete sich erst nur ein Lid flatternd. Das andere folgte nach einer unsicheren Pause.

Sie nahm ockerfarbenes Bettzeug mit einem marineblauen Streifen und ockerfarbene Wände wahr. Als sich ihr Blick auf den Boden senkte, konzentrierten sich ihre Augen langsam auf einen Teppich mit Karomuster in Kornblumenblau. Über ihr rahmten Holzbalken Streifen des klaren blauen Himmels ein. Arizona strömte durch lange Glasscheiben in den Raum und erweckte ihre Sinne zum Leben.

Ihre trägen Nerven registrierten eine sanfte Berührung. Sanft kreisend wurde ihre Schulter massiert, und sie wusste, es konnte nur Tyler sein.

Lana verschluckte sich an seinem Namen, konnte aber die Tränen nicht zurückhalten.

Behutsam schmiegte er sich an sie und flüsterte: „Lana." Einen Moment lang verstummte er, als wöge er eine Entscheidung ab, dann drückte er die Lippen an ihr Ohr und flüsterte weiter. „Lana. Meine Geliebte."

Die Worte umfingen sie so warm wie sein Körper. Er wiederholte sie, während er sie festhielt, und eine Flut von Bildern übertrug sich von seinem Geist zu ihrem. Sie zeigten sie beide zusammen, wie sie ein Leben der Liebe genossen. Alles, was Lana sich je gewünscht hatte, sah sie in jenen Bildern. Tatsächlich mehr, als sie sich je zu wünschen gewagt hatte. Sie lag in seinem Zuhause in seinen Armen. Als ihre Tränen der Angst und der Wut versiegten, vergoss sie Tränen der Freude.

Bis ihr eine Sorge durch den Kopf ging wie eine Wolke, die sich vor die Sonne schob. „Was ist mit deinem Vater?", brachte sie krächzend hervor.

„Mein Vater wird meine Gefährtin akzeptieren", antwortete Tyler knurrend. Die Überzeugung in seinen Worten ließ sie beinah zurückschrecken. Da wusste sie, dass er seinem Vater mit der gleichen unerschütterlichen Endgültigkeit gegenübertreten würde. Lana lehnte sich an seinen Körper und war bereit, die Augen wieder zu schließen.

Als seine Stimme erneut ertönte, klang sie untypisch zittrig. „Warum bist du allein losgerannt? Warum hast du nicht auf mich gewartet?"

Am liebsten hätte sie das Gesicht ins Kissen gedrückt und wieder die Besinnung verloren. Wie sollte sie es erklären? Sie hatte nicht nur an seinem Versprechen, sondern an allem im

Zusammenhang mit ihm gezweifelt. Im Zusammenhang mit ihnen beiden.

Tja, sie würde nie wieder zweifeln. Nun würde sie nur noch der Tod trennen, und der, so hoffte sie, würde noch lange auf sich warten lassen.

Gern wäre sie einfach über die Frage hinweggegangen, aber Tyler drehte sich ihr zu und ließ nicht locker.

„Audrey hat gesagt...", begann Lana. Als sie Tylers finsteren Blick sah, verstummte sie abrupt. Warum nur hatte sie auf die eigenen Zweifel gehört? „Audrey hat gesagt, du wärst ohne mich in den Kampf gezogen. Also bin ich los, um dich zu suchen..." Wieder verstummte sie und verfluchte die eigene Dummheit.

Ein Herzschlag betretenen Schweigens verging, gefolgt von einem weiteren.

„Was hat Audrey noch gesagt?" Granit schwang in Tylers Bariton mit.

„Ist doch egal, was Audrey gesagt hat", murmelte Lana und kam sich wie eine Vollidiotin vor. Wenn Tyler nur eine Frau wollte, die nach seiner Pfeife tanzte, hätte er längst eine haben können.

„Lana, wir haben hier ein kleines Rudel. Also ja, ich war mit vielen der Frauen zusammen", erklärte er offenherzig, als hätte er ihre Gedanken gelesen. Und vielleicht hatte er das. Ein rauer Daumen strich sanft über ihre Wange. „Als Wolf. Mit einer menschlichen Geliebten war ich nicht mehr zusammen, seit ich zum ersten Mal deinen Duft wahrgenommen habe."

Bei seinen Worten stockte ihr der Atem. Ihr wurde so wohlig warm, als riebe er ihren gesamten Körper mit Balsam ein. Tyler hatte seit über einem Jahrzehnt keine Frau mehr angefasst. Er hatte all die Jahre gewartet – auf sie.

„Ich will dich. Nur dich."

Ein Schleier hob sich von ihren Augen, als sie erkannte, was für parallele Leben sie seit jener Zeit geführt hatten, als sie sich nicht ganz begegnet waren. Auch sie hatte seither keinen menschlichen Liebhaber mehr gehabt. Als Wölfin schon. In der menschlichen Welt herrschten Regeln des Anstands, bei Wölfen hingegen gaben die Instinkte die Gebote vor. Ungepaarte Wölfe folgten dem Ruf der Natur ohne großes Federlesens. Was nicht viel bedeutete. Aber die Tatsache, dass er all die Jahre auf sie gewartet hatte?

Das bedeutete alles.

Tyler liebte sie. Ihm lag etwas an ihr. Er gehörte ihr. All die Risiken, die Lana mit der Bindung an diesen Alpha auf sich nahm, ging auch er ein. Seine Pflichten, seine Familie, der Umstand, dass sie eine Dixon war... Tyler setzte genauso viel aufs Spiel. Aber gemeinsam würden sie es durchstehen. Sie sah ihm in die Augen, so tief, dass sie darin die Umrisse einer gemeinsamen, Jahrhunderte währenden Zukunft erkennen konnte.

Dann drehte sie sich um und flüsterte an seiner Schulter. „Ich liebe dich."

Ein Schauder der Erlösung ging durch seinen Körper. Auch er hatte auf diese Worte gewartet. Die letzten Verspannungen in ihren Schultern gaben sie frei und kullerten davon wie Steppenläufer, um sich ein anderes Plätzchen zum Verweilen zu suchen.

Lana sehnte sich danach, ihm auf der Stelle ihren Körper hinzugeben. Lust, Besessenheit und Begierde hatten sie bereits durch. Das nächste Mal würde es eine Kombination aus allem und mehr sein. Sie würden sich paaren und ein gemeinsames Schicksal besiegeln. Doch etwas in ihr zögerte.

„Wir können warten, Liebste", murmelte Tyler und streichelte ihre Schulter. „Du musst erst heilen."

Kaum hatte er die Wahrheit ausgesprochen, erschlaffte Lana erleichtert. Im Augenblick brauchte sie keinen Sex, sondern Trost. Und Tyler war für sie da.

Sie lehnte sich zurück und verlor sich in seinen Armen und dem weichen Kissen. Flauschige Wolken zogen über den Himmel, und ihre Lider schlossen sich flatternd. Von ihrem gemütlichen Plätzchen unter seinem Arm aus ließ sie ihre anderen Sinne das Haus erkunden. Das warme, in Erdtönen gehaltene Schlafzimmer fühlte sich an wie eine Verlängerung des Betts. Dahinter spürte sie weitere Räume, die sie bald kennenlernen würde. Ihre Nase witterte einen Kamin. Der beruhigende Geruch niedergebrannter Glut bildete eine Hommage an die Vergangenheit, das ordentlich gestapelte Holz daneben ein Versprechen für die Zukunft – ihre gemeinsame, knisternde Zukunft. Auch Küchengerüche schnappte Lana auf, beherrscht von scharfen Soßen. Sie konnte sich rote Chilischoten vorstellen, die aufgereiht an einer Schnur hingen. In der hellen, luftigen Küche würde es kühl und sauber sein. Das konnte sie fühlen.

Zuhause, murmelte ihre Wölfin.

Ja, sie könnte sich definitiv daran gewöhnen, hier zu leben. Tyler kuschelte sich näher und flüsterte. „Meine Geliebte."

Auch daran könnte sie sich gewöhnen.

Abgesehen vom Wohnzimmer und der Küche gab es noch weitere Räume. Platz genug für mehrere Welpen, wenn die Zeit reif dafür wäre.

Mindestens drei. Das kam von Tyler, der in ihren Gedanken sprach.

„Hey!" Sie drehte sich um und wollte ihn tadeln. Der Mann strahlte Zufriedenheit aus. Noch empfindlich von ihren Wunden zuckte Lana leicht zusammen. „Kannst du alles hören, was ich denke?"

„Nur manches."

Sie überlegte. Drei Welpen?

Wenn das für dich in Ordnung ist, fügte er hastig hinzu.

Sie lachte. Vielleicht war dieser Alpha doch kein so harter Kerl.

„Und was denke ich jetzt gerade?" Lana verlor sich in seinen Augen und stellte sich vor, wo und wie sie als Nächstes von ihm berührt werden wollte. Für Sex war sie noch nicht bereit, aber das perfekte Kuscheln wäre goldrichtig.

Wärme trat in seine Augen, als er begriff und ihren Körper an seinem so verlagerte, dass er sie wie eine Rüstung umhüllte. Seine Lippen massierten ihr rechtes Ohr mit zarten Küssen.

„Von Küssen hab ich nichts gesagt", brummte sie wohlig.

„Die sind ein Extra. Gefällt dir das nicht?" Kaum hielt Tyler inne, fehlten sie ihr. Sehr.

„Doch! Gefällt mir, gefällt mir!"

Langsam, allmählich entspannte sie sich und nahm alles in sich auf. Tyler, stark und doch so zärtlich. Das Haus, gemütlich und beschaulich. Draußen die vibrierende Schönheit der Wüste und der endlose Himmel von Arizona. Lana fühlte, wie sich ihr neues Leben wie eine warme Decke um sie hüllte und sie zu erholsamem Schlaf geleitete.

Gefällt mir.

Tyler musste genauso empfinden, denn durch ihren Rücken gingen die Schwingungen eines Schnurrens tief in seiner Brust.

Wölfe schnurren nicht, murmelte er.

Der hier schon. Glücklich lächelnd versank Lana in Schlaf.

Epilog

„Etwas müssen wir heute Nacht noch erledigen", flüsterte Tyler und senkte den glitzernden Körper auf ihren. „Bist du dafür bereit?"

Ein Schweißtropfen fiel auf Lanas Brust und vermischte sich mit dem Geruch ihres Liebesspiels. Sie beobachtete, wie er ihn mit einem herrlich rauen Daumen in ihre Haut rieb und damit die in ihr glimmende Glut anfachte. Sie schwebte noch von ihrem Höhepunkt herab. Das Mal an ihrem Hals kribbelte von seinem Paarungsbiss.

Mit den Lidern auf halbmast ließ sie den Blick an seinem Körper vorbei zu den Fenstern und weiter zu den von der Nacht verschleierten Hügeln wandern. Lana konnte keine große Begeisterung dafür aufbringen, das paradiesische Bett zu verlassen – bis ihr klar wurde, was er meinte. Eine Mondserenade. War sie dazu bereit?

„Wenn wir es langsam angehen." Schon komisch, aber mit dem Mann fühlte sie sich für alles bereit. Liebe. Leben. Singen.

„So langsam, wie du willst", versprach er.

Sie schnaubte. „Meinst du so langsam, wie du es gerade angegangen bist?"

Ein Schatten huschte über seine Züge. „Ich habe dir doch nicht wehgetan, oder?"

Ihr Schmunzeln verriet, dass sie ihn nur aufzog. „Es war unglaublich." Sie berührte das Mal, das sie beim Paarungsbiss an seinem Hals hinterlassen hatte. Wie bei ihr verheilte die Wunde bereits. Sie hatten eine Woche auf den richtigen Moment gewartet und sich nun endlich gegenseitig als Gefährten fürs Leben gezeichnet. Eine schwache Narbe würde als Symbol ihrer ewigen Verbindung zurückbleiben. Lanas Hand wanderte auf Tylers Brust und ließ sich darauf nieder. Sie spürte, wie sich sein Herzschlag beruhigte, als er die Finger um ihre legte. Die Blutsverbindung während des Liebesakts einzugehen, hatte ihnen beiden einen geradezu erschütternden Höhepunkt beschert.

„Unglaublich", hauchte sie. Das Wort passte zu den meisten Ereignissen der vergangenen Woche. „Du warst auch unglaublich, als wir uns mit deinem Vater auseinandergesetzt haben."

Purer Hass war in dem alten Mann hochgekocht, als Lana ihm zum ersten Mal unter die Augen getreten war. Tyler hatte das Ratsgebäude am Morgen nach der Rückkehr seines Vaters allein betreten, aber Lana war ihm bald gefolgt. Immerhin hatten sie einander versprochen, ihre Schlachten gemeinsam zu schlagen.

Obwohl es im Ratsgebäude düster war und sich ihre Augen nach dem hellen Sonnenlicht draußen nur langsam daran anpassten, ließ sich Tylers Blick nicht übersehen – eine Mischung aus Frustration und Dankbarkeit, die zwei Botschaften gleichzeitig übermittelte: *Verdammt, ich hab doch gesagt, du sollst draußen warten.* Und: *Gott sei Dank bist du hier.*

Sie hätte bestimmt gegrinst, wenn nicht der wutentbrannte Alpha über ihr aufgeragt hätte wie der Vesuv an einem besonders drückenden Augusttag.

„Du. Dixon." Tylers Vater knurrte.

Lana reckte das Kinn vor und straffte die Schultern. „Lana."

Der Blick des alten Tyrone bohrte sich in sie, und als erforderliches Zeichen der Unterwerfung schlug sie die Augen nieder. Immerhin war es sein Rudel. Das würde sie ihm zugestehen. Das und sonst nichts, und wenn es sie umbrächte. Aber seine nächsten Worte überraschten sie.

„Du siehst genau wie deine Mutter aus." In seiner Stimme schwang ein Hauch Überraschung mit, vielleicht sogar Verwunderung.

Mit der Nase meines Vaters. Den Teil beschloss sie, lieber für sich zu behalten.

Sie trat einen Schritt von seinem stechenden Blick zurück und zuckte zusammen, als die Bodendiele unter ihren Füßen knarrte. Aber kaum hatte sie Tyler angesehen, fühlte sie sich wieder sicherer, stärker. Weil aus seinen Augen die Wahrheit sprach. Es ging nicht um die Vergangenheit. Es ging um die Zukunft. Ihre gemeinsame Zukunft.

Tyler bot seinem Vater die Stirn. „Das ist Lana. Meine Gefährtin." Das letzte Wort presste er entschlossen wie ein Hund heraus, der einen saftigen Knochen verteidigt. „Sie bleibt."

Der alte Mann erwiderte nichts. Er knurrte nur erneut und löste damit ein offenbar telepathisch geführtes Duell aus. Ihre Augen übernahmen dabei den Schwertkampf, schnellten mit vernichtenden Blicken hin und her und auf und ab.

„Sie ist der Feind!" Schließlich griff die Stimme des alten Mannes vor Wut zitternd in den Kampf ein.

„Sie gehört mir!", konterte Tyler, unerschütterlich wie die Hügel.

So sehr Tylers Worte Lana überraschten, ihre Reaktion darauf verblüffte sie noch mehr. Es gefiel ihr, wie besitzergreifend er klang – es begeisterte sie sogar. Den er gehörte ebenso sehr ihr wie sie ihm.

„Zwing mich nicht, das zu tun, Dad", warnte Tyler.

Sein Vater brummte so tief, dass Lanas Knie zitterten. „Was zu tun?"

Tylers Lippen rührten sich nicht. Die Antwort blitzte aus seinen Augen. *Zu gehen. Oder gegen dich zu kämpfen. Deine Entscheidung.*

Lana hielt den Atem an. Das würde Tyler für sie tun? Die Ranch verlassen? Tief in ihrem Inneren wusste sie, dass er nirgendwo anders von vorn anfangen könnte. Die Twin Moon Ranch war seine Welt. Aber er meinte es ernst. Das sah sie ihm am versteinerten Gesichtsausdruck an. Gott, was verlangte sie da von ihrem Gefährten?

Halb rechnete sie damit, die Erde würde zu beben anfangen, so viel schiere Macht wirbelte durch den Raum. Aber es endete mit einer Pattsituation, und Tyler stapfte dicht gefolgt von Lana aus dem Gebäude.

„Wenn er so drauf ist, kann man mit ihm nicht reden", brummelte Tyler.

Lana blies einen langen Atemzug aus und fragte sich, ob der Alte je anders drauf war. Der Mann glich einer gefährlichen Chemikalie, einem brodelnden Kessel. Doch Tyler hatte ihm die Stirn geboten.

„Eigentlich hast in Wirklichkeit du ihm die Stirn geboten", meinte Tyler und holte sie zurück in die Gegenwart. Ins Bett, in das ruhige Haus, in die Beschaulichkeit einer weiteren gemeinsamen Nacht.

Sie rieb die Wange an Tylers Brust. *Hier ist das Paradies*, entschied sie. *Genau hier.*

Tylers tiefe Stimme fuhr eindringlich fort. „Niemand hat sich ihm je so entgegengestemmt wie du."

„Nein, das warst du", widersprach Lana und fuhr mit dem Kinn die Stoppeln an seiner Kieferpartie entlang.

„Wir waren es beide. Und hättest du nicht die Idee mit dem Landtausch gehabt, wer weiß, was er dann gemacht hätte."

Sie gestattete sich ein verhaltenes Lächeln. Bei seiner Rückkehr musste Tylers Vater feststellen, dass er drei Krisen verpasst hatte. Die Abtrünnigen waren eine davon. Lana, die verbotene Dixon, verkörperte eine andere. Die dritte war der Landstreit: Dem Staat einen Teil der Seymour Ranch als Parkgelände zu überlassen, glich einem sicheren Rezept für Ärger. Lana hatte tagelang über dem Problem gebrütet. Wie konnte man das Rudel vor der Außenwelt schützen?

Die Antwort kam ihr, nachdem Tyler eines Tages zu der geplanten Parkanlage in Spring Hollow gefahren war, um ein wenig Abstand vom Zorn seines Vaters zu gewinnen. Der Mann hatte Lana mit allem Möglichen gedroht, von Tod über Zerstückelung bis hin zur Verbannung. Die Konfrontationen wurden so erbittert, dass ihr angst und bang beim Gedanken daran wurde, wie sie enden könnten.

Also hatten Tyler und sie sich eine Auszeit genommen, um dieses bezaubernde Stück Land zu besuchen, wo ein schmaler Bach ein Wäldchen bewässerte. Kaum war Lana aus dem Wagen gestiegen, konnte sie die Magie des Orts spüren. Eine Oase in der Wüste, mit grünen Schatten, einem gurgelnden Bach und weicher Erde unter den Füßen. Kein Wunder, dass die verstorbene Mrs. Seymour dieses Land schützen wollte. Verführt von den Melodien des Vogelgezwitschers und des plätschernden Wassers liebten sich Lana und Tyler unter den Schwarz-Pappeln.

„Hört man nicht mehr oft", merkte er an, als sie danach eng umschlungen beisammen lagen.

„Was meinst du?"

„Den Fleckenkauz." Beim nächsten Laut des Vogels deutete er mit den Augen in die Richtung.

Lana brauchte zwanzig Minuten, um den Kauz in den fleckigen Schatten zu entdecken, und einen Tag, um zu erkennen, was er bedeutete. Eine kurze Recherche erwies sich als lohnend. Der Fleckenkauz galt als bedrohte Art.

„Ich hab's!" Atemlos über ihre Entdeckung war sie in die gefühlte zehnte Krisensitzung hineingeplatzt, die Tyler, sein Vater und die Rudelältesten in den letzten drei Tagen hatten.

Der alte Alpha empfing sie mit seinem üblichen vernichtenden Blick. Dem, der sie nicht ganz umgebracht hatte – noch nicht. „Wenn du auch nur..."

Sie schnitt ihm das Wort ab, worüber sogar Tylers Kinnlade aufklappte. „Ich habe eine Lösung für dich. Hör einfach mal zu."

Im Raum wurde es totenstill.

Aber Lana zögerte nicht. „Das Problem mit der Seymour Ranch. Ich weiß, was wir tun können."

Einer der Ältesten gab hörbar ein abfälliges Schnauben von sich, und sogar Tyler warf ihr einen ungläubigen Blick zu.

Sie wandte sich direkt an ihn und redete sich ein, sie stünde nur Tyler gegenüber, nicht einer ganzen Truppe feindseliger Gestaltwandler. „Erinnerst du dich an den Kauz?"

Tyler nickte langsam. In seine Augen trat Wärme bei der Erinnerung an den Tag.

„Der mexikanische Fleckenkauz", erklärte sie den anderen, „ist eine gefährdete Spezies. Eine geschützte Art."

Nur ausdruckslose und zornige Gesichter. Sie kapierten es nicht. Vor Frustration hätte Lana beinah mit dem Fuß aufgestampft.

„Wir – die Twin Moon Ranch, meine ich – können einen angrenzenden Bereich unseres eigenen Grundstücks zum Schutzreservat der Käuze erklären und damit die Größe der Landspende der Seymours verdoppeln. Ja, ich meine das ernst", betonte sie angesichts der abweisenden Mienen. „Aber die Twin Moon Ranch würde das Recht an dem Land behalten. Das wird reichen!"

Tyler schien der Einzige zu sein, der sie ernst nahm. „Was meinst du?"

„Zunächst mal zeigt es guten Willen", erklärte Lana, ohne auf den finsteren Blick des alten Alphas zu achten. Aber er würde die Feinheiten von Landverhandlungen ohnehin nie zu schätzen wissen. „Wenn wir... wenn *ihr* das Land zum Naturschutzgebiet erklärt und versprecht, die Öffentlichkeit davon fernzuhalten, ist die Seymour Ranch gezwungen, dasselbe zu tun."

So, dachte sie und beobachtete, wie bei ihrem Publikum allmählich Begreifen einsetzte. Sie genoss den Moment ganze drei Sekunden lang, bevor sie weiterpflügte, solange sie in Fahrt war. „Gleichzeitig könnte die Twin Moon Ranch das öffentliche Wegerecht für das abgeschiedene Stück Land in der Nähe des Slide Rock State Park abtreten."

Die Mienen der Versammelten wurden noch düsterer. Konservative alte Wölfe davon überzeugen, Land zu verschenken? Keine leichte Aufgabe, aber Lana wusste genau, wie sie die Männer nehmen musste. Mit den Ältesten ihres Rudels zu Hause war sie schon öfter als einmal in den Ring gestiegen.

Sie hob die Hände, bevor Protest aufkommen konnte. „Es ist eine kleine Parzelle ohne praktischen Nutzen für die Ranch – aber landschaftlich ist sie wertvoll. Das ist unser Trumpf. Die Öffentlichkeit bekommt trotzdem Zugang zu neuem Land, und Mrs. Seymours Wunsch, Spring Hollow zu schützen, wird respektiert. Am wichtigsten ist" – sie nahm alle Nerven zusammen und sah dem alten Tyrone direkt in die Augen – „dass dem Rudel ungebetene Besucher erspart bleiben. Das ist eine Win-win-Situation für alle."

Sie verschränkte die Arme vor der Brust und klappte den Mund zu. So. Sollten sie das mal verdauen.

Es wurde kollektiv an Köpfen gekratzt, dazu gab es ein paar überraschte Blicke, aber keine Widerworte, keine Beschwerden. Nur eine gewichtige Stille, die sich weiter und weiter ausdehnte.

„Und du glaubst, dass sie sich darauf einlassen?", fragte schließlich einer der Ältesten.

„Ich bin sogar überzeugt davon", antwortete Lana. „Ich kann bis morgen einen formellen Vorschlag ausarbeiten und ihn den staatlichen Behörden vorlegen." *Plus Kopien für die Seymour Ranch und die üblichen Umweltschützer*, merkte sie sich gedanklich vor und arbeitete bereits an den Einzelheiten. Sie würde die Originalurkunden, Kartenmaterial und tausend andere Dinge brauchen, aber der Teil war reine Routine. „Sie werden den Deal annehmen, glaubt mir."

Niemand schien ihr glauben zu wollen. Andererseits protestierte auch niemand gegen ihren Plan. Nicht mal der mächtige alte Alpha.

„Wie bist du auf das alles gekommen?", fragte Tyler, als er seinen offenstehenden Mund wieder zum Funktionieren brachte.

„Das habe ich bei mir zu Hause gemacht, Dummerchen. Das ist mein Job."

Die Ältesten runzelten die Stirn. Hatte sie es wirklich gerade gewagt, so mit dem nächsten Alpha so reden? Aber Tyler setzte nur ein Grinsen auf, aus dem Liebe und Stolz sprachen, und die nächste Minute lang ließ Lana es einfach auf sich wirken, vergaß die Ältesten, vergaß seinen Vater.

Gefährte. Mein Gefährte. Lana konnte ihr Glück immer noch nicht fassen.

Tylers Vater legte den Kopf schief, als würde er sie in einem neuen Licht sehen. Schließlich brummte er und entließ sie. „Das geht."

Lana brachte ein knappes Nicken zustande, dann steuerte sie auf die Tür zu. Sie schaffte es bis zum zweiten Anbindebalken rechts, bevor sie sich schwer darauf stützen musste. Oha. Hatte sie wirklich gerade dem alten Alpha die Stirn geboten?

Ihr Puls raste noch, als sich die Tür des Ratsgebäudes öffnete und Cody herauskam. Als er auf sie zusteuerte, funkelten seine Augen, als hätte er gerade die größte, fieseste Welle seines Lebens gesurft.

„Ich würde dich ja küssen, nur würde mich dann mein Bruder bei lebendigem Leib häuten." Schmunzelnd trat er direkt vor sie hin. „Ach, was soll's, pfeif drauf." Er schaute nach links und rechts, bevor er ihr einen Schmatz auf die Wange drückte. „Du hast es geschafft!"

Er glich Huck Finn in einer zweiten Haut, allzeit bereit, sich auf ein fabelhaftes Abenteuer einzulassen, das mit Sicherheit schiefgehen würde. Unwillkürlich fragte sie sich, ob er je erwachsen werden würde.

Wenn er nur wüsste, welche Hindernisse noch vor ihm lagen. Lana wusste nicht genau, welche es sein würden, nur dass sie lauerten. Die einzige Konstante in der turbulenten Welt eines Wolfsrudels war Ärger. Früher oder später würden wieder Schwierigkeiten aufkommen, mit Sicherheit.

Dann kam Tyler heraus, und all ihre Sorgen verflogen. Mit ihrem Gefährten konnte sie alles erreichen. *Zusammen* konnten sie alles erreichen.

Die Tür knallte gegen die Wand, als Tylers Vater wie der Ausläufer eines Hurrikans aus dem Ratsgebäude stürmte – mit düsterer, mürrischer Miene, aber er wirkte müde. Zwei Schritte vor Lana blieb er stehen, und obwohl er sie mit diesen laserscharfen Augen anstarrte – die so sehr an die von Tyler erinnerten und doch völlig anders waren –, zeigte er mit einer Hand nach rechts. Lanas Blick folgte der Richtung zu einem weiteren niedrigen Gebäude mit staubigen Glasscheiben.

„Da", blaffte er. „Das Büro. Ich behalte dich genau im Auge, Dixon", warnte er barsch und stapfte davon.

Cody schenkte Lana ein weiteres gewinnendes Grinsen, bevor auch er davonschlenderte und sie mit Tyler allein ließ. Lana umarmte ihren Gefährten und lehnte die Stirn an seine Brust. Mann, fühlte es sich gut an, ihm so nah zu sein. Und zu wissen, dass sie ihn nie wieder loslassen musste.

„Er hat mir gerade eine Herausforderung hingeworfen, nicht wahr?" Sie stellte sich die muffigen Akten vor, die der alte Alpha bald auf ihrem Schreibtisch stapeln würde.

Tyler schüttelte den Kopf und zog sie fest an seinen Körper, ohne auf die Ältesten zu achten, die an ihm vorbeigingen.

„Er ist bereits von dir überzeugt, Schatz. Auch wenn er es nie zugeben würde." Dann ließ er sie los und drehte sich entschlossen in Richtung seines Hauses.

Unseres Hauses, stellte er in Gedanken richtig und zog sie an sich.

Lana schob eine Hand in seine Gesäßtasche, während sie Seite an Seite losgingen. Zuhause. Das süßeste Wort mit sieben Buchstaben überhaupt. Sie konnte auf der Twin Moon Ranch bleiben. Nicht nur als Tylers Gefährtin, sondern als eigenständiges Mitglied des Rudels.

„Aber keine Arbeit mehr, bis du vollständig geheilt bist", fügte er hinzu.

Ausnahmsweise störte sie sich nicht an dem herrischen Ton. „Ich bin geheilt. Oder so gut wie."

„Tja, dann keine Arbeit, bis wir etwas Zeit für uns hatten."

„Die, Liebster, wird nie genug sein."

Aber verdammt, sie hatten sich in den letzten Tagen alle Mühe gegeben. In der Hütte, oben auf seinem Aussichtspunkt, in jedem Raum des Hauses. Nun rollten sie sich langsam aus dem Bett, noch kribbelnd von ihrem Liebesspiel. Sie verwandelten sich und trabten hinaus in die Nacht. Tylers längere Schritte passten perfekt zu ihren schnelleren. Lana war froh, sich die steifen Beine zu vertreten. Noch mehr freute sie, dabei Seite an Seite mit ihrem Gefährten zu laufen. Die gedämpften Stimmen, die in dieser mondhellen Nacht aus der Wüste drangen, erzählten keine Lügen. Tyler war ihr vom Schicksal auserkorener Gefährte und gehörte ganz und gar ihr. Jetzt und für immer.

Auf Tylers Hügel schmiegten sie sich aneinander und erhoben zusammen die Schnauzen. Zum Aufwärmen stimmten sie ein klägliches Geheul an, das dem Schmerz der Vergangenheit Tribut zollte. Danach gingen sie zu einem langen, fröhliches Heulen für die Zukunft über, das weit in die Nacht hinein tönte. Die Wüste um sie herum schien zu lauschen und vielleicht sogar die eine oder andere sentimentale Träne zu vergießen. Das

Schicksal lächelte auf sie herab, und Lana wollte nicht, dass es je endete.

Ihre Lippen verzogen sich zu einem Hundegrinsen, als sie sich enger an seine Seite schmiegte. Es musste kein Ende geben.

Das war erst der Anfang.

Sneak Peek: *Verlockung des Alphas*

Sie ist auf der Flucht... in die Arme einer verbotenen Liebe.

Heather Luth weiß nichts von der paranormalen Welt, bis eine schreckliche Nacht alles verändert. Mittlerweile ist sie auf der Flucht – direkt in die Arme verbotener Liebe. Ihr Verstand weiß, dass sie sich nicht in Cody Hawthornes sonniges Lächeln und hypnotisierende Stimme verlieben sollte. Aber ihr Herz – und das Schicksal – haben andere Vorstellungen.

Oberflächlich betrachtet ist Cody warmherzig, schlagfertig und witzig. Doch hinter der unbekümmerten Fassade erkennt Heather einen echten Mann, der hervorbrechen will. Tag für Tag kommen sich Heather und Cody näher, können ihrer schwelenden Leidenschaft nicht widerstehen – während sich gleichzeitig ein Serienmörder Tag für Tag näher an seine Beute anpirscht. Pflichtgefühl ringt mit Verlangen und Angst mit Vertrauen, wenn die menschliche und die paranormale Welt in einer Geschichte über verbotene Liebe aufeinanderprallen.

Weitere Titel von Anna Lowe

Die Wölfe der Twin Moon Ranch

Verlockung des Jägers (Buch 1)

Verlockung des Wolfes (Buch 2)

Verlockung des Mondes: Vier Kurzgeschichten (vier Kurzgeschichten)

Verlockung des Alphas (Buch 3)

Verlockung der Wölfin (Buch 4)

Verlockung des Herzens: ein paranormaler Liebesroman (Buch 5)

Weihnachtsverlockung (Buch 6)

Verlockung der Rose (Buch 7)

Verlockung des Rebellen (Buch 8)

Verlockende Begierde (Buch 9)

Aloha Shifters - Juwelen des Herzens

Der Ruf des Drachen (Buch 1)

Der Ruf des Wolfes (Buch 2)

Der Ruf des Bären (Buch 3)

Der Ruf des Tigers (Buch 4)

Die Verlockung des Drachen (Buch 5)

Der Ruf des Fuchses (Buch 6)

Aloha Shifters - Perlen des Verlangens

Drachenrebell (Buch 1)

Bärenrebell (Buch 2)

Löwenrebell (Buch 3)

Wolfsrebell (Buch 4)

Rebellenherz (Buch 5)

Alpharebell (Buch 6)

Töchter des Feuers - Billionaires & Bodyguards

Töchter des Feuers: Paris (Buch 1)

Töchter des Feuers: London (Buch 2)

Töchter des Feuers: Rom (Buch 3)

Töchter des Feuers: Portugal (Buch 4)

Töchter des Feuers: Irland (Buch 5)

Töchter des Feuers: Schottland (Buch 6)

Töchter des Feuers: Venedig (Buch 7)

Töchter des Feuers: Griechenland (Buch 8)

Töchter des Feuers: Schweiz (Buch 9)

Blue Moon Saloon

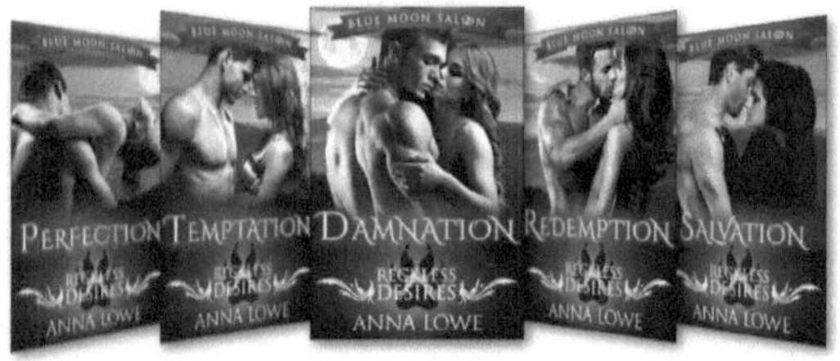

Perfection (die Vorgeschichte in Kurzform)

Damnation (Buch 1)

Temptation (Buch 2)

Redemption (Buch 3)

Salvation (Buch 4)

Deception (Buch 5)

Celebration (ein Festtagsschmaus)

Shifters in Vegas

*Paranormal romance with a zany twist. Im englischen
Original bei Amazon erhältlich.*

Gambling on Trouble

Gambling on Her Dragon

Gambling on Her Bear

Serendipity Adventure Romance

Im englischen Original bei Amazon erhältlich.

Off the Charts

Uncharted

Entangled

Windswept

Adrift

Travel Romance

Im englischen Original bei Amazon erhältlich.

Veiled Fantasies

Island Fantasies

www.annalowe.de

Über Anna Lowe

USA Today und Amazon Bestseller Autorin Anna Lowe schreibt fesselnde Romane mit tatkräftigen Heldinnen und unwiderstehlichen Helden in exotischen Umgebung, mit jeder Menge Zündstoff für scharfe Romantik.

Sie liebt Hunde, Sport und Reisen, die auch die Inspiration für Ihre Bücher liefern. Wenn Anna nicht gerade in die Arbeit an ihrem nächsten Buch vertieft ist, kannst Du Sie am Wochenende beim Wandern in den Bergen antreffen. Egal wo und wie – sie wird den Tag mit einem leckeren Stück Zartbitterschokolade ausklingen lassen.

Einfach mal vorbeischauen, auf **www.annalowe.de**.

www.ingramcontent.com/pod-product-compliance
Lightning Source LLC
Chambersburg PA
CBHW031022190726
48286CB00003BA/979